Alles im Fluss

Justus Fischer-Zernin, Jahrgang 1956, ist Rechtsanwalt in Hamburg. Nach diversen Fachveröffentlichungen zum internationalen Steuerrecht ab Mitte der 80er Jahre, veröffentlichte er in den 90ern regelmäßig Beiträge zu Wirtschaftsrecht und Steuern in der ›Welt am Sonntag‹ und später satirische Kolumnen in ›manager magazin online‹. 2006 erschien von ihm »Und wer zahlt? – Eine Kreuzfahrt durch unser Steuersystem und die aktuelle Reformdebatte« (Murmann Verlag).

›Alles im Fluss‹ ist sein erster Roman.

JUSTUS FISCHER-ZERNIN

Alles im Fluss

Der Hamburg-Roman zur Elbphilharmonie

Bibliografische Information der Deutschen Nationalbibliothek:
Die Deutsche Nationalbibliothek verzeichnet diese Publikation in der
Deutschen Nationalbibliografie;
detaillierte bibliografische Daten sind im Internet über
http://dnb.d-nb.de abrufbar.

© 2016 Justus Fischer-Zernin
Herausgeber: Pepperzak Publishers
Umschlaggestaltung: Pepperzak Publishers
Illustration Titel: Tine Herrmann
Satz, Herstellung und Verlag: BoD- Books on Demand
ISBN: 978-3-7412-3564-1

Inhalt

1. Teil
   Oberamtsrätin in Nöten   9

2. Teil
   Zwei Exilanten im Exil   21
   Die entschlüterte Genoveva   34
   Aix und K.   41

3. Teil
   Das Goodman-Quartett   59
   Joh. Kronsmann & Soehne   63

4. Teil
   Villa mit Elbblick und Aufsitzmäher   69
   Ars longa, vita brevis   80

5. Teil
   Die Reise nach Jerusalem   89
   Fünf Freunde auf geheimnisvollen Spuren   97
   Ölbergauf und ölbergab   106
   Tu felix Austria   120

6. Teil
   Ganz unten   127
   Das A-Team   131
   K.u.k.   141
   Alles im Fluss   145

7. Teil
    Clicquot   151
    James DIN   156
    Der Grabwächter   160
    Wasserströme   164
    Weiterer Beton   170
    No If today   177

8. Teil
    Grandchildren's Emergency Fund   189

9. Teil
    Kakophonie   199

1. Teil

Eigentlich waren die Dinge ja halbwegs im Lot, doch die Götter sind bekanntlich nicht faul. Sie kochen ihre Süppchen mit Zutaten aus vielerlei menschlichen Schwächen und haben großen Spaß daran, sie ihren Kindern heiß zu servieren – denen, die sie verdient haben und auch den anderen. Überall und auch in Hamburg. Für einige Hanseaten hatten die Götter eine besonders heiße Bouillon zubereitet. Der Tisch war gedeckt, nun wurden die Teller gefüllt.

Oberamtsrätin in Nöten

Oberamtsrätin Schumann-Steigbert fühlte sich ganz wohl auf ihrem neuen Posten, in ihrem neuen Büro und Wirkungskreis. Nach mehr als einem Jahr Krise, Ärger und Wut waren die Wogen wieder geglättet, und sie merkte langsam, wie viel Spaß ihr der neue Job machte. Sie hatte mit Architekten zu tun, mit hochrangigen Politikern, wichtigen Geschäftsleuten, dem Intendanten des Orchesters. Und sie war die geachtete Herrscherin über die Zahlen und Konten. Was fehlte, war ein neuer männlicher Partner, aber das konnte ja noch werden. Letzte Woche hatte sich überraschend Steuerberater Lundius bei ihr gemeldet und sie waren im Portugiesenviertel essen gegangen. Beruflich kannten sie sich schon eine halbe Ewigkeit, aber erst jetzt fiel ihr auf, dass er recht attraktiv war. Nicht besonders groß, aber sportliche Figur (er schien abgenommen zu haben), sonnengebräuntes Gesicht unter weißem Haarschopf und er wirkte viel ruhiger als früher, fast schon lässig – war er wirklich zu alt für sie? Er hatte nicht über Steuerdinge gesprochen, die jetzt glücklicherweise nicht mehr ihr Thema waren, sondern über seine großzügige Wohnung im Staffelgeschoss in Winterhude, ohne dass es protzig klang. Und allerhand über Gärtnerei, wovon er viel zu verstehen schien. Bei seiner kleinen Geschichte, wie er versehentlich bei der Jungfernfahrt eines neuen Rasenmähers ein Tulpenbeet in voller Blüte »dem Erdboden gleich gemacht« hatte, musste sie sogar lachen. Aber wozu hat er im Penthouse einen Aufsitzrasenmäher, fragte sie sich, als sie an den Abend zurückdachte.

Bis zu diesem Moment war ihr Dienstag noch okay. Doch, als die Rätin die am Abend zuvor begonnene Tabellenkalkulation hochlud, machte sich ein sehr spezielles E-Mail auf den Weg zu ihrem Account.

In der Schweiz und an anderen diskreten Bankplätzen hielten Mitarbeiter ortsansässiger Finanzdienstleister irgendwann die Diskretion dieser Häuser und das Bankgeheimnis für überbewertet. Diese Einsicht verhalf einigen von ihnen zu einem erklecklichen Nebenverdienst. CDs mit Kontodaten deutscher Kunden (oder von mit Hilfe ihrer Banken kunstvoll errichteter Gesellschaften in exotischen Gefilden) wurden der Steuerverwaltung ihres Heimatlandes zum Kauf angeboten. Dort dachte man (nicht grundlos), dass einige Kunden dieser Diskretionsbanken es unterlassen hätten, ihre Finanzämter mit dem Geld auf diesen Konten zu behelligen. Schnell war klar, es waren Nachzahlungen an den Fiskus in vielstelliger Millionenhöhe zu erzielen; da schien der deutschen Steuerfahndung die eine oder andere Million für gestohlene Daten gut angelegt. Anfangs zierten sich deutsche Staatsanwälte noch etwas, denn der Ankauf solcher CDs mit gestohlenen Daten war für sie illegal. Doch irgendwer kam auf die Idee, für die heiklen Geschäfte den Geheimdienst um »Amtshilfe« zu bitten; dessen Kompetenzen sind bekanntlich nicht so kleinlich definiert. Die Schlapphüte halfen gern und so kam die Sache in Schwung. Bald wurden die Deals bekannt und unter Standing Ovations der wohlig empörten deutschen Öffentlichkeit wurde feierlich eine Autobahn für geklaute Kontodaten eröffnet. Der Fiskus nahm hunderte von Millionen ein; im Wochentakt wurden prominente Steuersünder geoutet. Bis auf letztere hatten alle viel Spaß.

Weniger vergnüglich wurde der Trend zum Steuer-CD-Outing gerade für Frau Schumann-Steigbert und die von ihr mit viel Liebe organisierte Finanzierung der Elbphilharmonie.

Da die Oberamtsrätin in der Kulturbehörde tätig war, sollte ihr Computer von Meldungen über undurchsichtige Transaktionen auf geheimen Auslandskonten eigentlich verschont bleiben – doch an diesem Dienstag überraschte sie eine E-Mail mit der Frage, ob sie Interesse an gewissen Informationen zu Schweizer Konten einiger ihrer Hamburger Mitbürger und steuerparadiesischen Auslandsfirmen hanseatischen Ursprungs habe. Gezeichnet war das Mail mit »K.«. Der Schweizer Datenanbieter hatte Frau Schumann-Steigbert noch auf ihrem früheren Posten vermutet.

Zuerst wollte sie die Mail einfach an ihre Ex-Kollegen im Finanzamt weiterleiten, doch Neugier ist wie jede Gier eine starke Kraft. Die Rätin öffnete den Mail-Anhang, auf den im Schreiben mit »ich kann mir vorstellen, dass Sie diese Liste interessieren wird« verwiesen wurde, und blickte auf eine Tabelle – links eine Spalte mit beeindruckenden Zahlen und Währungszeichen, rechts eine Spalte mit Namen. Namen aus der besseren und besten Hamburger Gesellschaft. Sie las viele Namen, die sie gut kannte. Erst letzte Woche hatte sie mit einigen dieser Namen ein Treffen auf der Baustelle der Elbphilharmonie gehabt; sie hatte ihnen den Stand der Projektfinanzierung erläutert, es ging um viele Millionen. Bei der CD ging es offenbar auch um viele Millionen; aber es waren keine Millionen, die dazu dienten, in Hamburg ein weithin sichtbares, öffentliches Wahrzeichen zu errichten, sondern andere Millionen. Bisher unsichtbare und sehr private Millionen, die Gefahr für all ihre so hart erarbeiteten Berechnungen und Pläne bedeuteten.

Die Rätin dachte nach. Sie dachte gern nach, am liebsten über die Lösung von Finanzierungs- und Bilanzierungsfragen. Morgens der Schreibtisch voller Zettel mit Zahlensalat – nachdenken – abends eine aufgeräumte Präsentation über Kosten mit Zahlungsterminen, bewilligte Budgets, Ideen zum rechtzeitigen Stopfen der Löcher. Frau Schumann-Steigbert hatte als erste Handlung in ihrem neuen Amt ein spezielles System kommunizierender Röhren zwischen verschiedenen Finanzierungstöpfen der Elbphilharmonie erfunden, um Überraschungen bei den Baukosten in den Griff zu bekommen. Es war höheren Ortes mit Begeisterung aufgenommen und abgesegnet worden. Bunte, akkurate Aufstellungen in Excel-Tabellen, Zusammenfassungen der einzelnen Schritte in PowerPoint; »Milestone« war zu einem ihrer Lieblingswörter geworden. Aber die Sache mit den Namen auf der Schweizer Liste war anders. Die Oberamtsrätin dachte weiter nach, konzentriert, angestrengt, doch nichts wurde akkurat oder bunt. Stattdessen schien sich grauer Elbschlick über ihre Arbeit der letzten Monate zu schieben. Sie suchte einen neuen Ansatz zum Nachdenken, doch bevor sie ihn fand, wurde ihr der Anruf eines der Namen auf der Liste durchgestellt. Heinrich Kronsmann, Mitinhaber eines traditionsreichen Hamburger Unternehmens, zusammen mit seinem Bruder Johann unter den Top-Ten der Liste, die noch immer auf ihrem Bildschirm geöffnet war – und wie viele andere der Namen Großsponsor der Elbphilharmonie.

»Guten Tag, Frau Schumann-Steigbert, ich wollte mich noch einmal für Ihre gelungene Präsentation bedanken. Wir sind auf einem guten Weg. Ich hoffe, dass das so bleibt« sagte Kronsmann.

Die Oberamtsrätin fühlte ein leichtes Ziehen im Unterbauch.

»In diesem Zusammenhang, gibt es aktuell aber noch etwas zu klären« fuhr er fort.

Er hatte eine halbe Stunde zuvor einen peinlich verdrucksten Anruf seines Schweizer Vermögensbetreuers bekommen: »Ja, alles ist auf der CD.« Heinrich Kronsmann musste schnell reagieren, hatte eine Idee, dann einen Plan und nun die Oberamtsrätin am Telefon.

»Wissen Sie, bei Steuererklärungen in unserer Familie und der Firma ist es in der Vergangenheit zu ein paar Ungenauigkeiten gekommen«, die selbstverständlich korrigiert würden und »natürlich werden die Steuern nachgezahlt«, und die von seinem Bruder und ihm zugesagte Förderung der Elbphilharmonie sei davon »natürlich eigentlich« in keiner Weise betroffen. Anders sähe der Fall allerdings aus, »und dafür haben Sie sicherlich Verständnis«, wenn es zu strafrechtlichen Ermittlungen käme und irgendetwas zu den Schweizer Kronsmann-Konten in der Öffentlichkeit bekannt würde.

Auf einer Skala von 1 bis 10 lag das Verständnis der Oberamtsrätin »dafür« allenfalls bei 1. Sie sagte nichts.

Er könne sich auch gut vorstellen, dass andere betroffene Förderer der Philharmonie ähnlich dächten, fuhr Kronsmann fort, zumal es für die Freie und Hansestadt und die

Kulturschaffenden dann ja auch heikel sei, solche Sponsorengelder anzunehmen.

Verständnis nunmehr bei 0, aber Frau Schumann-Steigbert hatte verstanden.

Kronsmann hätte indes einen Vorschlag, wie die Angelegenheit geräuscharm zu lösen sei. Er, Kronsmann, könne die Steuer-CD kaufen und würde sich – »Hanseatisches Ehrenwort!« – darum kümmern, dass alle darauf gespeicherten Sünder brav nachzahlten. Und dann wäre die Sache »zur Zufriedenheit aller« erledigt.

»Wo die Elbphilharmonie nach all den Dramen und Querelen der Vergangenheit doch jetzt auf einem so guten Weg ist – das hatte ich ja eingangs schon erwähnt, oder nicht? Also, da scheint mir dies doch das Beste zu sein, oder?«

Die Oberamtsrätin hatte während des Telefonats auf die aus der Schweiz eingegangene Sünderliste geschaut und überschlägig addiert, wie viele Elbphilharmonie-Sponsorenmillionen die dort genannten Hanseaten zusammenbrachten – oder nicht mehr zusammenbrachten, wenn deren Schweizer Bankvergangenheit publik würde. Sie war blass geworden; der graue Elbschlick, der sich über dem Finanzierungsplan auszubreiten schien, wurde fest wie Beton. Dies wäre kein neues Finanzierungsloch, sondern ein Finanzierungskrater – zuzüglich Politik-, Kultur- und Gesellschaftsskandal. Die mühsam erkämpfte »Zufriedenheit aller« schien beim Projekt Elbphilharmonie urplötzlich wieder in ein Universum zu verschwinden, das mit der Hamburger Wirklichkeit nicht mehr viel Ähnlichkeit hatte. Frau Schumann-Steigbert war danach zumute, etwas Unflätiges ins Telefon zu brüllen, aber als Oberamtsrätin Mitte vierzig plus x siegte (knapp) ihre behördliche Professionalität.

»Ich kann das gut verstehen, Herr Kronsmann, ich melde mich«.

Das »gut« war ihr am schwersten gefallen, schien ihr aber wichtig, um den Sponsor nicht zu verunsichern.

Frau Schumann-Steigbert konnte schnell sein, wenn es darauf ankam. Zwei Stunden später: Streng geheime Krisensitzung in der Kulturbehörde, Risikoeinschätzung »sehr hoch«, DEFCON Two, Kronsmann-Plan abgenickt, Schweizer Bankverräter kontaktiert und Kronsmann avisiert, Nachricht der Oberamtsrätin an Kronsmann, er solle den Geldtransfer und die Übernahme der CD organisieren, damit die Behörde ihre Hände in Unschuld waschen könne – Letzteres stand zwischen den Zeilen, war aber eines der Hauptanliegen der Absenderin.

Der Tag war zwar nicht mehr zu retten, doch nun ging es ihr wieder ein wenig besser. Der Elbschlick wich zurück, der bunte Finanzierungsplan wurde wieder erkennbar, die Röhren zwischen Budgets und Etats fingen wieder an zu kommunizieren. Alles schien auf einem guten Weg, doch der Teller mit der Dienstagsboullion, den die Götter für Frau Schumann-Steigbert gedeckt hatten, war noch nicht leer.

Heinrich Kronsmann rief noch einmal an: »Noch eine Kleinigkeit« – und dann bat er sie darum, ausgerechnet ihren Erz-Erbfeind (»diesen miesen, kleinen Winkeladvokaten«), mit der Übernahme der CD und allem Drumherum zu betrauen, und sie solle seinen »angemessen dotierten Auftrag« freundlicherweise avisieren.

»Das wird doch sicher keine Umstände machen?«

›Stimmt, es macht mir keine Umstände, es dreht mir

den Magen um‹, dachte Elisabeth Schumann-Steigbert. Es werde eine E-Mail folgen, Kronsmann werde alles zahlen.

»Kein Problem«, log die Oberamtsrätin in den Hörer. Ihr Chef hatte angeordnet, sie solle alles tun, damit die Sache klappte.

Bevor sie in die Kulturbehörde kam, hatte Elisabeth Schumann-Steigbert eine steile Karriere in der Finanzbehörde hingelegt – bis zu jenem unseligen Gerichtsverfahren. Sie war als wichtige Zeugin benannt. Sicher, das Finanzamt hatte bei den Steuern der Firma Fehler gemacht, aber so etwas kommt eben vor und muss weder im Gerichtssaal noch sonst wo an die große Glocke gehängt werden. Was nicht vorkommen sollte, war der Anruf des Firmen-Anwalts bei ihrem Mann, der den überraschten Gatten davon überzeugte, seine Gemahlin hätte ein Verhältnis mit dem Richter. Der Anwalt, »dieser miese, kleine Winkeladvokat« (wie ihn Frau Schumann-Steigbert seither titulierte), hatte den geschockten Gemahl dazu gebracht, ihre angebliche unziemliche Beziehung mit dem Richter dem Vorgesetzten seiner Frau zu stecken, und das Gift hatte gewirkt.

Nach dem Gerichts-Gau die Paartherapie. Unter dem Eindruck der Ereignisse hatten sich Frau Schumann-Steigbert und Herr Steigbert entschlossen, ihre Ehe einer Grundsanierung zu unterziehen – mit Hilfe einer alten Freundin der Oberamtsrätin, einer renommierten Künstlerin in Sachen Beziehungskisten. Was keiner voraussehen konnte: Irgendwann in der dritten oder vierten Sitzung von Paar und Therapeutin hatte es zwischen Herrn Steigbert und der Freundin seiner Frau heftig gefunkt. Zwei Wochen später waren beide wild verliebt nach Irland durchgebrannt, dreizehn Monate später war Oberamtsrätin Schumann-Steigbert rechtskräftig geschieden und hieß fortan eigentlich nur noch Schumann, aber das schien niemanden zu interessieren. So blieb es außer im Rechtsverkehr meist bei dem inzwischen ungeliebten Doppelnamen (auch die Götter hatten die Namensreduktion noch nicht mitbekommen).

Die Ereignisse hatten natürlich Wellen geschlagen. Doch bei der Finanzbehörde war alles getan worden, damit Gras über die Sache wuchs, beziehungsweise die Nicht-Sache mit dem Richter, der Rätin, der Firma und allem Drumherum. Und als die Kulturbehörde bei einer der vielen Finanzkrisen um den Bau der berühmten neuen Hamburger Elbphilharmonie jemanden suchte, der viel von Zahlen verstand, die sich nicht um Meter, Kubikmeter, Tonnen und Statik drehten, sondern um Euros, Zahlungsziele und Zinssätze, wechselte die Oberamtsrätin ins Kulturressort und wurde dort für das Jahrhundertprojekt Chefin in Sachen Budgets und Kosten.

Der Vorteil von Dienstags-Krisen ist, dass sie einen am Wochenende meist nicht mehr so verrückt machen. Hier würde diese Regel nicht gelten: Frau Schumann-Steigbert sollte ausgerechnet den ihr so verhassten Rechtsanwalt Lukas Timm um einen Gefallen bitten.

2. Teil

»*Woher weißt du denn, dass das Licht im Kühlschrank tatsächlich aus ist?*«

Axel schwieg einen Moment, langte nach dem Whiskyglas, sah wie sich ihre Miene verdüsterte. Egal, Zeit zum Nachladen. Er nahm einen tiefen Schluck, griff nach dem Revolver in der Küchenschublade und strahlte sie an.

»*Ich werde jetzt ein Loch in den Kühlschrank schießen und dann wissen wir Bescheid. Ich denke, das wird für die Klarheit in unserer Beziehung sorgen, die uns solange gefehlt hat.*«

Er drückte ab, ein Knall. Es war gegen jede technische Vernunft, aber sie hatte wieder einmal Recht behalten. Durch das kleine Loch in der Kühlschranktür fiel Licht.

Christina atmete kurz und scharf ein. »*Ich denke es reicht.*«

Genau, dachte er, hoffentlich sagt sie jetzt, dass sie zu ihrer Mutter zieht.

»*Morgen ziehst du aus und damit du nicht zu viel darüber nachdenkst wiederzukommen, wird Mutter hier einziehen*«.

Zwei Exilanten im Exil

Ich war ein Schriftsteller im Exil. Naja, eigentlich kein Schriftsteller, sondern Rechtsanwalt. Und eigentlich war es auch kein Exil, sondern ein Ferienhaus in Sanary-sur-Mer, Frankreich, Mittelmeer, mit Swimmingpool und viel Raum und Zeit für mich. Der eheliche Urlaub war lange gebucht, mit vier Wochen großzügig bemessen, aber dann gab es vor der Abreise Komplikationen gegen Ende der töchterlichen Schwangerschaft, aus der mein erstes Enkelkind hervorgehen sollte. Das prä-großväterliche Nervenkostüm schwächelte, sodass meine geliebte Frau Lisa kurzerhand die Anordnung traf, ich solle allein losfahren. Ich hätte doch immer schon Geschichten schreiben wollen und das solle ich jetzt endlich einmal tun, unter südlicher Sonne und auf keinen Fall über Schwangerschaften oder verwandte Themen. Vor allem solle ich das Feld räumen und »don't call us, we call you.« Ich kam dem Befehl nach und jetzt, am dritten Provencetag auf der Terrasse am Pool in der Sonne vor meinem Notebook, überlegte ich, ob es eher ein Rosé- oder ein Rougenachmittag werden würde und fand die ersten fünf Sätze meiner ersten Story ganz passabel. Der liebe Gott schien diesen September ein guter Mann zu sein.

In den zwei Tagen zuvor hatte ich mich in den Ort verliebt. Das Zentrum mit kurzer aber großzügiger Uferpromenade nebst Cafés, Restaurants, Apotheke, ein paar kleinen Läden, Rathaus und Kirche. Keine Prada-Gucci-sonstwas-Luxustempel, Milliardärsyachten oder Ähnliches störten eine gelassene Midi-Beschaulichkeit, die sich nach dem Ende des Sommertrubels mit Beginn des Septembers schnell eingestellt hatte. Der alte Fischerhafen, jetzt überwiegend von Freizeitbooten aller Art frequentiert; westlich davon eine hügelige Halbinsel mit Felsenufer, Villen und kleineren Häusern, verschlungenen Wegen, herausfordernden Einbahnstraßen- und Parkplatzregelungen; im Osten ging es flach weiter, ferienwohnungsbebaut etwa ein Dutzend Kilometer bis zur Hafenstadt Toulon. Am Hafen von Sanary ein Hotel, das praktischerweise um einen mittelalterlichen Turm herumgebaut worden war; nur noch dessen letzte zwei Stockwerke ragten aus der Mitte der Herberge. Ich fragte mich, was heutige Denkmal-, Milieu-, Weltkulturerbe- und Sonstwasbeschützbewahrer dazu gesagt hätten, wenn es sie bei Baubeginn schon gegeben hätte – ein Gedanke, der meiner guten Laune einen heiteren Schub gab.

Es klingelte an der Tür. Ich wollte nicht, dass sich etwas änderte und blieb sitzen, doch irgendwer war anderer Ansicht; es klingelte ein zweites Mal. Ich setzte mich in Bewegung. Bestimmt die spröde Vermieterin von nebenan wegen irgendetwas mit Wasserdruck oder Mülltrennung. Doch auf dem kleinen Bildschirm der Torkamera erblickte ich – Überraschung: Axel Strahlson. Seit einem gemeinsamen Unternehmen am Gardasee mit ungutem Ende zwar mein Bruder im Herzen und Geiste, aber außer ein paar Mails seit drei Jahren weder gehört noch gesehen. Ich ließ das Tor aufsummen und nun stand Axel vor mir in der Tür, noch immer einen halben Kopf größer und ein halbes Jahrzehnt jünger als ich, heute in Bermuda-Shorts und Hawaii-Hemd, Cap mit Aufschrift »Cicero« über einem sonnenbebrillten Gesicht.

»Hallo Lukas Timm, mein lieber Freund und Gefährte in der Not und bei dem ganzen Rest.«

Axel und ich freuten uns, lachten, herzhafte Umarmung. Unser letzter Abschied war zu lange her, das Wiedersehen höchste Zeit und unter südlicher Sonne am richtigen Ort. Axel ist ein gestandener Journalist, hatte jedoch schon vor vielen Jahren den Redaktionsräumen den Rücken gekehrt und schlug sich als freischaffender PR-Mann und Gelegenheitsschreiber durchs Leben. Nicht ganz erfolglos, wie es schien, aber bei Axel schien ziemlich viel. Jedenfalls hatte er mich noch nie angepumpt. Während er zwei zerknautschte Reisetaschen aus seinem Smart holte, kümmerte ich mich um die Begrüßungs-Camparis, und als das Sodawasser sich mit dem roten Saft vermischte, erzählte Axel schon von seinem Exodus.

» ... und als mich meine Holde rausgeschmissen hatte, brauchte ich Trost und musste an den guten Lukas denken. Ich habe alles andere kurzerhand abgesagt und nach Dir gefahndet. Deine Sekretärin Kathrin – eine ganz reizende junge Dame, by the way – ist schwach geworden und hat dein Versteck verpfiffen. Flug nach Marseille, Mietwagen und auf zu deinem Ferienpalast. Ich hatte versucht, dich anzurufen, aber dein Handy ist immer aus.«

Es war nicht nur aus, ich hatte es zu Hause vergessen, aber bisher nicht vermisst. E-Mail und Skype reichten; allerdings hatte ich schon länger nicht mehr geschaut, ob irgendwer via World-Wide-Web mit mir kommunizieren wollte. Ich erfuhr, dass Axel jetzt Zeit und nichts zu tun hatte. Diesmal sei es wohl der finale Rauswurf aus der ehelichen Wohnung. Christina hatte bei Axels Auszug auch nicht ›Tschüs‹ oder ›Lebwohl‹, sondern einfach nur »Scheidung« gesagt, und ein Weiser der Scheidungsfolgen hatte ihm geraten, als Prophylaxe schon einmal seine Einkünfte herunterzufahren und beim Ausgeben des Ersparten nicht zu vorsichtig zu sein. »Am Ende ist sowieso die Hälfte weg«. Also wollte Axel jetzt erst einmal Urlaub machen, bei mir und mit mir.

»Ich bin ein Schriftsteller im Exil« lächelte mich Axel an »da war an Sanary-sur-Mer kein Vorbeikommen. Wir knüpfen an eine große Tradition an. Wir werden unser Leid auskosten und die Verzweiflung und alles andere natürlich auch. Ich denke, ich gebe den Heinrich Mann mit der feinen Antenne für schweres Unrecht und leichte Mädchen und du ... du warst vor mir da, wie wär's mit Huxley?«

Axel hatte meine diskrete Liebelei mit Sanary durchschaut. Ab 1933 waren der Ort, das Hotel und zwei der drei Cafés auf der Promenade Anlauf- und Abhängpunkt für deutsche Künstler und Intellektuelle, vornehmlich Schriftsteller, die sich zum Start des Großdeutschen Reichs davonmachten und in dem kleinen Städtchen am Mittelmeer in mehr oder minder großer Not zusammenfanden. Das dritte Promenadencafé wurde großzügig den Eingeborenen überlassen, die sich über die zunehmende Zahl merkwürdiger, fremder Künstler und Intellektueller wunderten. Aldous Huxley war schon vorher da. Als dann Thomas Mann nebst Bruder, Frau und diversen Kindern Nazi-Deutschland den Rücken kehrte und für den Sommer eine Villa in Sanary mietete, ging ein Run deutscher Geistespromis in den kleinen Fischerort los. Die beiden ältesten Kinder des Genies hatten als junge Intellektuellenstars (gesponsert mit Ruhm und Geld von Papi und Mami) die künstlerische Eignung der französischen Mittelmeerküste bereits erkundet und dringend zum Exil in Sanary-sur-Mer geraten – nicht zuletzt, um den Sicherheitsabstand einiger Stunden elterlicher Fahrtzeit nach Nizza und Villefranche-sur-Mer zu schaffen, wo der Nachwuchs bestimmten Neigungen frönte, die nicht unbedingt Gegenstand familiärer Diskussionen werden sollten. Der Plan ging auf; die deutschen Dichter und Denker waren in Sanary gut mit sich selbst beschäftigt. Es kamen noch Lion Feuchtwanger nebst atemberaubenden Tantiemenabrechnungen und Gattin (mit den Manns seinerzeit in gegenseitiger, eifersüchtiger Verachtung verbunden), Bert Brecht (ständig nörgelnd), Stefan Zweig und Arnold Zweig, Ludwig Marcuse, Schickele und viele, viele mehr. Es wurde viel getrunken, geschrieben, geredet, geprahlt, gevögelt, gehasst, geliebt, gestritten, wichtig getan und sonstwie Zeit totgeschlagen. Zwei, drei Jahre später waren viele schon ins nächste oder übernächste Exil weitergezogen. Nach der deutschen Invasion Frankreichs 1940 ging dann kaum noch etwas. 1944 wurde die »Villa Tranquille«, in der die Manns während ihrer Sanary-Zeit Hof gehalten hatten, von der Wehrmacht gesprengt, um freies Schussfeld zur Abwehr einer erwarteten alliierten Landung zu schaffen, die sich dann aber entschloss, einige Kilometer weiter östlich stattzufinden. Solche Geschichten hatten diesen Ort zu meinem diesjährigen Urlaubsziel gemacht. das auch als Stätte erster schreiberischer Fingerübungen vorgesehen war, und ich hatte es noch keine Sekunde bereut. Dass meine Prosa in Gefahr geriet, wenn sich nun Axel zu mir gesellte, war klar. Er war vieles, aber keine Muse. Doch konnte ich dem Eheflüchtling schließlich nicht einfach die Tür weisen – und ihn umgab eine Aura von Spaß und Abenteuer:

»Na, dann willkommen im Exil.«

Axel hatte noch eine Nachricht aus meinem Büro.

»Kathrin hat auch verzweifelt versucht, dich zu erreichen. Eine Frau Oberamtsrätin Schumann-Steigbert aus der Hamburger Kulturbehörde bittet dringend um deinen Rückruf.« Er gab mir einen Zettel mit ein paar Notizen meiner Sekretärin und einer Telefonnummer.

»Ich denke, darauf kannst du dir etwas einbilden. Wen der Feind lange nach der verlorenen Schlacht anruft, der hat es meist geschafft«, grinste mich mein Herzens- und Geistesbruder an.

Die Frau Oberamtsrätin hatte Kathrin ihre Version unserer alten Geschichte erzählt, und Kathrin hatte sie Axel erzählt. Meine Erinnerung an einige Details stimmte nicht mit Axels Bericht vom Second-hand-Hörensagen überein, aber das ist der Preis der Informationsfreiheit, und die steht im Grundgesetz.

»Stimmt das? Ein Justizskandal nebst Familientragödie und du mittendrin als Drahtzieher?«, fragte Axel.

»Im Großen und Ganzen – ja. Aber einiges ist auch eine Frage der Perspektive.«

Das alte Gerichtsverfahren, in dem das Finanzamt log, dass sich die Balken bogen, um eigene Fehler zu vertuschen. Finanzbeamte haben zu den Steuergesetzen mitunter ein ähnlich flexibles Verhältnis wie einige Steuerbürger, was der Beziehung beider Gruppen nicht förderlich ist. Das ganze Elend hätte meinen Mandanten leicht seine Firma kosten können. Ich hatte meine Zweifel, ob die Rätin vor Gericht die Wahrheit sagen oder statt dessen alles tun würde, um die behördliche Haut zu retten, was neben dem Ruin meines Schützlings auch den Verlust meines nach diversen Vorgefechten zu stattlicher Höhe aufgelaufenen Honorars bedeutet hätte. Die Situation flehte nach einer ganzheitlichen Maßnahme.

Herr Steigbert glaubte mir am Telefon jedes Wort über seine Frau und den Richter: »… Ich hielt es für meine Pflicht … nein, Techtelmechtel würde ich das nicht mehr nennen … dass sie Ihnen noch nie von ihm erzählt hat, finde ich nicht überraschend … ja, es hilft nichts, er sieht sehr gut aus«.

Der geschockte Gemahl nahm meinen dringenden Rat an, den Vorgesetzten seiner Frau zu informieren, um wenigstens einen Justizskandal zu verhindern. Das Gerichtsverfahren endete in einer erfreulichen Verständigung zu Lasten der Staatskasse und zu Gunsten meines Mandanten und Honorars, das im darauffolgenden Frühjahr zwischen dem Finanzamt und mir brüderlich geteilt wurde. Im Kosmos geht nichts verloren.

»Und was war mit der Paartherapie?«, hakte Axel nach.

»Ja, es hätte nicht viel gefehlt, und diese Sitzungen mit Gatten und Therapeutin hätten der Ehe Schumann-Steigbert nach dem kleinen Justiz- und Behördendrama einen positiven Schub gegeben. Das ist doch der Sinn solcher Exerzitien. Hat nicht funktioniert, aber meine Idee war es jedenfalls nicht.«

»Vielleicht hätte ich diese Geschichte Christina erzählen

sollen, als sie für uns diese Paartherapie vorschlug«, meinte Axel, »stattdessen Diskussionen, dann wieder Streit, zuletzt über das Licht im Kühlschrank und den Rest kennst du ja.«

Als Frau Schumann-Steigbert ins Kulturressort wechselte, war sie sicher glücklich und erleichtert, dass wir wohl nie wieder miteinander zu tun haben würden. Ich war es zumindest, als ich davon hörte. Aber es hat offenbar nicht geklappt, wobei ich mir nicht vorstellen konnte, was sie jetzt dringend von mir wollte.

»Gab es denn tatsächlich das Verhältnis zwischen dem Richter und der armen Frau oder hast Du dir das ausgedacht?«, wollte Axel wissen.

»Eher letzteres, ein schönes Paar hätten sie aber schon abgegeben. Dass der Richter schwul ist, habe ich damals nicht gewusst.«

»Wen stören denn solche Kleinigkeiten? Die Wahrheit ist ein kostbares Gut; man sollte stets sparsam damit umgehen! Die Sache mit meinem Schuss in den Kühlschrank war weit weniger zivilisiert und heldenhaft als deine Notlüge.«

Jetzt musste mich Frau Schumann-Steigbert jedenfalls dringend sprechen.

»Du kannst mein Smartphone nehmen oder du gehst zur nächsten öffentlichen Telefonzelle. Wahrscheinlich steht die in Toulon und nimmt nur alte Franc. Sei nett zur Rätin.«

Axels iPhone gewann den Wettstreit.

Es war die Durchwahl, am anderen Ende ein vorzimmerloses »Schumann« und ein tiefer Seufzer, nachdem sie meinen Namen nebst »Guten Tag« gehört hatte. Danach eine scharfe Tirade über unmögliche Charaktereigenschaften von Anwälten im Allgemeinen und mir im Besonderen. Ich entgegnete, da sei durchaus etwas dran, aber man müsse auch einmal die andere Seite sehen. Dann kamen detaillierte Ausführungen dazu, gegen welche langen Listen von wichtigen Gesetzen ich verstoßen hätte, als ich die erlogene und erstunkene Geschichte von ihr mit dem Richter in die Welt gesetzt hatte. Ich entgegnete, da sei durchaus etwas dran, aber man müsse auch einmal die andere Seite sehen. Schließlich folgten lange Erläuterungen dazu, welche materiellen und emotionalen Schäden mein unentschuldbares Handeln ihr, ihrer Familie, der Behörde und der ganzen Stadt Hamburg sowie der Integrität der Finanzverwaltung und des Justizwesens im Allgemeinen zugefügt habe. Ich entgegnete, da sei durchaus etwas dran, aber man müsse auch einmal die andere Seite sehen, und fragte mich, was wohl die emotionalen Schäden der Integrität der Finanzverwaltung bedeuten mochten, von denen die Oberamtsrätin gesprochen hatte.

Die andere Seite wollte Frau Schumann-Steigbert offenbar nicht sehen, doch sie müsse mich um einen Gefallen bitten, wenngleich nur mit allergrößtem Widerwillen – ich nickte, was sie natürlich nicht sehen konnte – und ob ich mir vorstellen könne, der Kulturbehörde und der Stadt Hamburg einen Dienst zu erweisen, indem ich einen etwas problematischen Anwaltsauftrag übernähme.

Konnte ich mir vorstellen, ich kann mir eigentlich fast alles vorstellen.

»Die ihnen zugedachte Mission betrifft die Elbphilharmonie.«

Das städtische Monumentalbauwerk am Hamburger Hafen, Konzertsaal nebst Luxushotel, Luxuswohnungen und Luxuswasweißichnoch mit extravagantester Architektur und Wahrzeichencharakter – das Gebäude sollte an ein Schiff erinnern, Strahlkraft erster Güte. Ich war gespannt, was jetzt kommen würde.

»Wir haben da ein Problem.«

›Nur eins?‹, konnte ich mir gerade noch verkneifen. Der Bau, von vielen schon nach kurzer Zeit zärtlich »Elphi« genannt (von einigen Spöttern inzwischen auch »Elbvieh«) hatte sich qua Kostenexplosion, Zeitverzögerung, technischer Schwierigkeiten und eskalierendem Hickhack zwischen öffentlichem Auftraggeber, Baufirmen und Architekten zu einem Alptraum für die Stadt entwickelt. Dem aktuellen Bürgermeister war es schließlich gelungen, das Schiff wieder in halbwegs sicheres Fahrwasser zu bringen, aber jetzt schien neues Unheil zu drohen.

»Es geht um eine CD mit brisanten Schweizer Kontodaten der besseren Hamburger Gesellschaft. Sie kennen ja die Situation.«

»Das kann man sagen, durchaus« – was aber hatten Schweizer Kontendaten von Steuerhinterziehern mit der Elphi zu tun?

»Sie müssen eine Steuer-CD aus der Schweiz kaufen, um die Finanzierung der Elbphilharmonie zu retten«, teilte mir die Oberamtsrätin sachlich mit.

»Wie bitte, was?«

»Wir brauchen Sie als Anwalt, um Daten Hamburger Steuerhinterzieher anzukaufen, aber nicht für deutsche Behörden.«

Wenn man nichts versteht, gibt es verschiedene Möglichkeiten zu reagieren. Ich entschied mich für »ach so« und weiteres Zuhören.

»Das ist alles etwas diffizil«, begann die Oberamtsrätin

ihren Bericht zu der Situation, die sie dazu nötigte, mich um einen Gefallen zu bitten. Sie erzählte von der Mail des ominösen »K.« aus der Schweiz, dass die Hamburger Kronsmanns mich zur Durchführung des CD-Kaufs wollten und die Kulturbehörde notgedrungen zugestimmt hatte, wenngleich »inoffiziell, oder besser nicht mal das, auch nicht informell, irgendwie gar nicht, aber irgendwie schon.« Frau Schumann-Steigbert fing an, mir leid zu tun; ein Gefühl, das wieder verflog, als sie ihren Bericht beendete:

»Hätte ich vorher gewusst, dass ich mit Ihnen zusammenarbeiten muss, hätte ich die ganze Angelegenheit kommentarlos an die Steuerfahndung weitergeleitet. Das können Sie mir glauben« – konnte ich – »aber jetzt ist es nun einmal wie es ist. Ich erinnere Sie dringlichst an Ihre anwaltliche Schweigepflicht. Übernehmen Sie den Auftrag?«

Schöner Nebeneffekt der Schweizer Bankdaten-CDs für meine Zunft sind auskömmlich besoldete Rettungsmissionen für betroffene Sünder mit komplizierten Selbstanzeigen bei Finanzämtern oder Abwehrschlachten in Strafverfahren, wenn es für solche diskreteren Lösungen zu spät war. Dies war aber ein ganz anderer Stiefel; ich sollte offenbar auf Wunsch der Kulturbehörde im Auftrag eines Steuerhinterziehers geklaute Kontodaten kaufen, damit das Finanzamt sie nicht bekam.

»Ich muss darüber nachdenken und ein, zwei Dinge klären. Ich rufe in einer halben Stunde zurück.«

»Na dann« – klack.

Axel hatte weitere zwei Campari für uns zubereitet und dabei meine Seite des Telefonats mitgehört; nun schaute er in mein nachdenkliches Gesicht.

»Das kenn' ich. Gestern war statt meiner Frau ihre Mutter in der Leitung. Trink!«

Ich gehorchte und überlegte. Das gebotene Honorar war stattlich, der Auftrag klang interessant, war irgendwie halbamtlich und sicher nicht illegaler als das, was sonst bei deutschen Behörden in Sachen Steuer-CDs lief. Und er schien nicht besonders schwierig. Meine literarischen Bemühungen waren mit Axels Ankunft ohnehin nicht mehr erste Urlaubspriorität, sodass eine kleine Unterbrechung kaum zusätzlichen Schaden anrichten würde. ›Axel allein zu Haus‹ mit Spaß-Abenteuer-Aura in meiner gemieteten Ferienvilla schien mir aber nicht die beste Idee; Axel musste mit, seine Aura auch. Und so ernannte ich ihn für diesen Fall kurzerhand zu meinem Anwaltsassistenten.

»Bin ich dann so etwas wie ein Hilfssheriff? Der Deputy?«
»Ja, so ähnlich.«

Ich vergatterte ihn zur Verschwiegenheit – er nickte eifrig – erzählte ihm die Geschichte und fragte, ob er mir dabei helfen wolle.

»Klar! Durch diesen Sumpf des Verbrechens werden wir uns gemeinsam kämpfen!«.

Die Sache begann fröhliche Konturen anzunehmen. Schon beim ersten Tut war die Oberamtsrätin wieder am Apparat.

»Liebe Frau Schumann-Steigbert, ich mach' es, aber es gibt noch zwei Sachen. Ich muss meinen Assistenten mitnehmen, da es dabei noch einiges zu organisieren gibt« – ich wusste zwar nicht was, aber es klang nicht schlecht »womit sich das Pauschalhonorar um 5.000 Euro erhöht«.

Axel, der jetzt alles mithörte, vergaß für einen Moment die pekuniären Konsequenzen der angekündigten Ehescheidung, folgte einem menschlichen Urinstinkt und strahlte.

»Und Sie wissen, dass ich zur Zeit in Südfrankreich bin. Wenn es schnell gehen soll, muss das Treffen mit dem Informanten hier in der Gegend stattfinden.«

Die Honorarerhöhung wurde sofort zugesagt, bei der mir zuvor genannten bereits netten Vergütung war offenbar noch Luft nach oben gewesen. Übergabe der CD in Frankreich war auch gut; die Behörde fühlte sich besser, wenn sich die Sache in der EU, aber nicht in Deutschland abspielte. Bezüglich Informantentreff kam eine Stunde und einen Campari später ein Rückruf: Am folgenden Abend in Aix-en-Provence, eine Fahrtstunde von unserem Standort, Details in Kürze per Mail. Axel und ich standen auf und schüttelten uns feierlich die Hände. Nach der alten Gardasee-Episode unser zweiter gemeinsamer Auftrag. Neues Spiel, neues Glück.

»Zum Wohle!«, zwei Campari-Gläser berührten sich zu einem freudigen ›Kling‹.

Die entschlüterte Genoveva

Bevor wir männerfreundschaftlicher Ergriffenheit verfallen konnten, klingelte es wieder. Axel und ich schauten auf den Bildschirm der Torkamera. Sichtbar wurden Schultern und Kopf einer schlanken Frauengestalt mit großem, modischen Strohhut, hinter dem Hut ein stattliches Wohnmobil, das einen guten Teil der Einfahrt versperrte.

»Das ist Genoveva«, flüsterte Axel überrascht und aus der Sprechanlage schnarrte es:

»Axel mach auf! Ich weiß, dass Du da bist«.

»Ich muss«, flüsterte, der wenig begeisterte Axel mir zu und ich dachte, ‹so also sieht Genoveva Schlüter aus› und ›was zum Teufel hat sie hier zu suchen?‹

»Los, mach schon auf, ich muss dringend!«, kam es aus der Sprechanlage.

Nun also die schöne Genoveva, in meiner Exilanten- und Literatenvilla ungebetener Besucher Nummer zwei, die jetzt gestikulierend auf der Gästetoilette verschwand. Wenig später stand die Dame auf der Terrasse und strahlte uns an.

»Dr. Timm, großartig! Ich darf Sie doch Lukas nennen? Ich bin Genoveva, wir haben schon ein paar Mal telefoniert vor ein, zwei Jahren.«

Und was für eine Genoveva! Ende 30, lange, glatte dunkelblonde Haare, schlank, sonnengebräunt, edle helle Hose, noch edlere Strandlatschen, bunte Bluse, nett über den Kein-Gramm-Fett-Bauch verknotet, großer, runder Strohhut, der ihr lässig nach Cowboymanier auf dem Rücken hing und dabei einen Halbkreis hinter ihrem Kopf bildete, als würde Genoveva mir aus dem Sonnenuntergang entgegenreiten.

»Ich weiß zwar nicht warum und wozu, aber ich freue mich, dass wir alle hier sind«, charmierte ich die Dame an; sicher nicht ganz die Wahrheit, aber vielleicht auch nicht allzu weit von ihr entfernt und gerade fühlbar dichter an sie herangerückt.

Ich kannte Axels alte Freundin aus einigen längeren Telefonaten, seit er mich ihr vor knapp zwei Jahren nach dem plötzlichen Ableben ihres betagten Gemahls empfohlen hatte. Im Nachlass des schwäbischen Musterfabrikanten fanden sich ausnahmsweise keine Unterlagen zu Banken aus Fürsten-, Großherzogtümern oder von eidgenössischen Finanzinstituten. Diesen Teil seines Unternehmerlebens hatte Herr Direktor Schlüter noch kurz vor seinem Tod mit dem Finanzamt geklärt. Die Nachzahlungen waren niedriger gewesen als erwartet, doch die Sache schien ihn angegriffen zu haben. Als er nach Zahlung der Steuer nebst Zinsen und der Anwaltsrechnung eine Schlussabrechnung der Gebühren seiner Schweizer Vermögensverwalter bekam, folgte der Zusammenbruch am Schreibtisch, und drei Tage danach war er tot. Kaum eine Woche später wurde die Trauer und Verwirrung der Hinterbliebenen unterbrochen. Ein potenzieller Käufer für das nun quasi verwaiste Schlüter-Unternehmen winkte mit einem großen Scheck. Die Fortführung der recht ansehnlichen Firmengruppe hätte viel Arbeit bedeutet, was bekanntermaßen wertvolle Lebenszeit raubt. Weil Arbeiten bei Umwandlung von ausreichend Sachwerten des Nachlasses in Bargeld für die Erben kein notwendiges Übel mehr darstellen würde, waren die Trauernden sich mit dem Käufer schnell über alles Wesentliche einig – in cash we trust – was mir auf Axels Empfehlung einen freundlichen Anruf und schönen Anwaltsauftrag von Genoveva bescherte. Mein Part war, den Vertrags- und Papierkram für Firmenverkauf und Teilung der Beute zwischen den Erben unter geringstmöglicher Beteiligung des Fiskus zu erledigen. Alles war leidlich überschaubar, und es war nicht nötig, die inzwischen nur noch maßvoll Trauernden persönlich zu stören. Am Ende gab es auf diesem Planeten einen nach getaner Arbeit zufriedenen Hamburger Anwalt und eine finanziell wohl ausgestatte Witwe mehr.

Was die Witwe auch hatte, war Zeit. Und die Dame war hinreißend.

«Seid alle meine Gäste, ich habe Hunger», sprach ihr hübscher Mund.

Keine Widerworte, einfacher Plan: Auf in den Ort, Moules Frites am Hafen, nach den unerwarteten Ereignissen des Nachmittags ein berechenbares, nahrhaftes Abendvergnügen. Axel brachte schnell noch allerhand Genovevagepäck nach oben, denn für die beiden Besucher war es offenbar ausgemacht, dass sich nun auch die Dame in meinem Ferienhaus einquartieren würde. Mich zu fragen, schien ihnen reine Zeitverschwendung, und es war eigentlich schön, nicht darüber nachdenken und entscheiden zu müssen, ob ich dazu ›ja‹ oder ›nein‹ oder ›vielleicht‹ sagen sollte. Problemchen lösen, wirkt stimmungsdämpfend, besser die Lösung gar nicht erst suchen, die Dinge geschehen lassen, alles im Fluss. Und nach kurzer, sonniger und windiger Fahrt in meinem nach dem Vorbild eines Stücks Seife designten, himmelblaumetallischen Peugeot-Miet-Cabrio saßen zwei Exilanten und eine Genoveva draußen im kleinen Restaurant am kleinen Hafen, ließen es sich gut gehen, mit Muscheln, Salat, Brot, Rosé de Bandol, einer ortsüblich unhöflichen jungen Kellnerin und dem schönen Gefühl von ›hier und jetzt ist gerade alles genau richtig‹.

Genoveva erzählte von ihrer Reise, die schon seit einem guten Jahr anzudauern schien. Vorletzte Station war die geerbte Toskana-Villa, wo es ihr aber nach sechs Wochen langweilig wurde und so hatte sie sich zu einer kleinen Südfrankreich-Tour entschlossen. Ein Freund handelte mit Wohnmobilien und hatte ihr diese 7,30-Meter Luxus-Landyacht aufgeschwatzt. Als unsere Begleiterin sich nach Bestellen der Muscheln kurz noch einmal Richtung ›Femmes‹ begab, berichtete mir Axel, Genoveva habe jetzt alles, was sie sich je gewünscht hatte, mit Ausnahme eines kleidsamen Nachnamens; etwas, was ihr als geborene Lehmann schon seit früher Jugend zu schaffen machte. »Schlüter« war in dieser Hinsicht natürlich nicht das gewesen, was sie sich erträumt hatte. Die Ehe mit dem Herrn Direktor brachte aber erhebliche andere Vorteile mit sich. Inzwischen durch höhere Gewalt entschlütert, flirtete sie sich nach dem Trauerjahr erst durch deutsche, dann durch italienische Adelsfamilien, machte aber keine erkennbaren Fortschritte und schien das Aristokratieprojekt aktuell nicht weiter zu verfolgen. Jetzt war Altefreundebesuchen dran.

Sie wollte Axel anrufen, kriegte Axels Schwiegermutter

an den Apparat und erfuhr in einem zweistündigen Telefonat, dass seine Frau ihn rausgeschmissen hatte (und warum das nun auch endlich allerhöchste Zeit war und was Axel für ein fürchterlicher Mensch sei). Und Genoveva erfuhr dabei auch, dass Axel zu mir wollte (und ich sei der Einzige, der auf Axel noch etwas guten Einfluss habe, aber das werde auch nicht mehr viel nützen) und dann über mein Büro – mittels irgendwelcher Tricks –, wo ich gerade steckte (in Sachen Tricks war Genoveva nicht schlecht). Gerade in St. Tropéz, also nur zwei Landyacht-Stunden von meinem Feriendomizil in Sanary entfernt, fiel der Entschluss leicht, »einfach mal so aufzukreuzen«, um den lieben Axel wiederzusehen.

»Mit Dir müsste ich auch noch ein paar Rechtsfragen klären«, meinte sie zwischendurch und blinzelte mir die Botschaft »Auftrag, Auftrag!« über den Tisch – kleine Freuden machen Spätsommerabende am Mittelmeer noch schöner.

Die lustige Witwe schmiss sich sichtbar bei Axel ran: groß angucken, mal kurz ranlehnen, Hand rüber, Muschel stibitzen, die plötzliche Trennung von seiner Frau ordentlich bedauern, Mitleid, Verständnis für alles und noch mehr haben. Genoveva Strahlson ist zwar nicht so toll wie Genoveva von Hohenlohe oder Genoveva di Caprese, besser als Genoveva Schlüter ist es aber allemal. Axel wirkte allerdings unbegeistert. Er sprang auf den Flirt nicht an, war lieb und nett, aber etwas still und nachdenklich. Axelhaft lustig wurde er erstaunlicherweise wieder, als unsere Tischdame mich nach den Regeln des Ehegattensplittings fragte. Nach Wegfall des Ehegatten stand bei ihr der Wegfall dieses Steuervorteils an.

»Das Splitting ist im Prinzip ganz einfach. Beide Eheleute

verdienen ihr eigenes Geld, aber am Jahresende werden die Einkommen zusammengerechnet, und die Steuer tut so, als sei es nur eine Person, womit es deutlich billiger wird, wenn einer gar nichts oder weniger als der andere verdient.«

»Das ist die fiskalische Umsetzung vom Markus Evangelium, Kapitel 10, Vers 8«, freute sich ein überraschend bibelfester Axel, »›Und es werden die zwei ein Fleisch sein; also sind sie nicht mehr zwei, sondern ein Fleisch‹. Und wann wird das zusammengerechnet?«

»Einmal im Jahr, genau gesagt am Silvesterabend um 24:00 Uhr«.

»Müssen die Ehegatten dann auch an Silvester um Mitternacht ein Fleisch werden, um den Steuerbonus zu kriegen? Das ist ja nicht so einfach, wenn man auf einer Party ist oder Gäste hat.«

Genoveva presste ihre Lippen zusammen und machte glucksende Geräusche.

»Nein«, sprang ich wohlgemut auf den Zug, »es muss nicht mal sein, dass sie überhaupt einmal jährlich ein Fleisch werden und es gibt auch keine Nachteile, wenn sie es mehrmals im Jahr machen. Die Gesetze sind zwar streng, aber in fleischlicher Hinsicht wird nichts verlangt und alles ist erlaubt.«

»Nennt man sowas Steuerschlupfloch?«, fragte eine kichernde Genoveva.

»Ein etwas schlüpfriges Steuerschlupfloch, will ich meinen«, entgegnete Axel, »aber einmal im Jahr wäre nicht schlecht. Etwa wenn das traute Paar gemeinsam den Einkommensteuerbescheid studiert und im Kleingedruckten steht ›Siehe, ich verkünde euch eine große Freude! Euch sind die Segnungen des Ehegattensplittings zuteil geworden!‹, und dann regnen Glückshormone von der

Schädeldecke auf die Synapsen, Finger wandern unterm Tisch unruhig hin und her, suchen Knöpfe und Reißverschlüsse ...«

Genoveva hatte sich verschluckt und musste heftig husten; bei mir ging es auch los, Axel schnitt Fratzen. Erstaunte französische Nachbartischblicke auf ein kicherndes und prustendes deutsches Trio, »Mademoiselle, une autre bouteille s'il vous plait«.

»Was nun Gott zusammengefügt hat, soll der Mensch nicht scheiden«, machte Axel mit Markus 10, Vers 9 weiter.

Und Genoveva kam mit ihrem ganz persönlichen Steuertipp – »mein Seliger und ich haben es immer am Silvestermorgen gemacht; der hatte ohnehin genug Ärger mit dem Finanzamt und dachte wohl ›sicher ist sicher‹« – was bei uns dreien zu neuen Ausbrüchen führte, als der nächste Rosé kam.

Die Nachbartische entschlossen sich zum vornehmen Nichtbeachten. Der Gedanke, dass Axel selbst vielleicht in Kürze ein Verstoß gegen Markus 10, Vers 9 nebst damit einhergehenden Steuernachteilen bevorstand, kam ihm anscheinend nicht in den Sinn. Und falls doch, schien es ihn gerade nicht zu stören.

Aix und K.

Dass wir nach roséseligem Abend den Peugeot in einer Seitenstraße beim Hafen stehen gelassen hatten und den Heimweg villawärts zu Fuß geschlendert waren, fiel uns am nächsten Tag nach langem Baguette-Kaffee-O-Saft-Frühstück mit anschließender Lektüre-Siesta am Pool erst wieder ein, als wir am Nachmittag Richtung Aix-en-Provence fahren wollten, und es bereits höchste Zeit für den Aufbruch war. Genoveva und Axel sollten bei der CD-Übergabe zwar nicht dabei sein – der eidgenössische-Datenklau-Banker wollte mich alleine treffen – aber mein Besuchsduo hatte sich entschlossen, mich zu begleiten, um dieses berühmte Städtchen ein wenig auf eigene Faust zu erkunden. Nach meiner konspirativen Verabredung wollten sie zu mir stoßen und mir ihre provenzalischen Abenteuer berichten. Axels Miet-Smart fasste nur zwei Passagiere, also nahmen wir Genovevas Wohnmobil. Axel wollte die Landyacht ohnehin einmal einer Testfahrt unterziehen.

Das Ausparken des Trumms gelang unter allerhand Parkpieps vorn und Parkpieps hinten ohne hörbare Rempler, und dann setzte sich das Gefährt erstaunlich behände in Bewegung. Lederne Sitze, stilvolle Holzeinrichtung, Designersalon und -küche, Tablet-gesteuerte Wohntechnik für Heizung, Klima, Warmwasser, Fernsehen, Musik, Beleuchtung, Fensterverdunkelung und vieles mehr. Wohnmobilisten hassen es zu verreisen und nehmen deshalb ihr Zuhause mit. Ein vornehmes Extra des Gefährts waren alte, edle Armaturen, die Genovevas Freund aus einem der Verschrottung zugeführten 1962er Bentley in die Landyacht verpflanzt hatte. Wer es neumodisch wollte, konnte die Reisedaten auch über den Tablet-Computer ablesen, aber die alten Bentley-Uhren hatten natürlich ungeheuer Stil und waren sichtlich bemüht, ihren Dienst zu tun – halt nach alter Väter Sitte mit Zeigern und Skalen und bisweilen etwas zittrig. Aber sehr nützlich, da Genoveva mit dem Tablet in Aix eine geeignete Parkmöglichkeit suchen musste, was bei den Maßen unseres Schiffs und einer durch allerlei kommunale Hiernicht- und Danicht-Verbote gezeigten öffentlichen Abneigung gegen Wohnmobile einige Zeit in Anspruch nahm.

Draußen war es heiß geworden, aber wir rollten in wohlklimatisierter Kühle gen Norden, es gab kaltes Perrier und ich referierte aus dem Reiseführer über unser Ziel. Erste römische Stadt Galliens, nachdem der zuständige Konsul auf Bitten von Griechen aus Marseille die eingeborenen Raufbolde lethal vermöbelt hatte, Völkerwanderung mit den seinerzeit üblichen Brandschatzungen, Sarazenenüberfälle, provenzalische Grafen schafften wieder Ordnung nebst Bischofssitz, falsche Entscheidung in Sachen französischer Thronfolger mit anschließender Verwüstung durch den richtigen, in der französischen Revolution irgendwie auch nicht so richtig die Kurve gekriegt, aber inzwischen mit Universität, Schönheit und dekorativer Vergangenheit wieder gut vorn. Lässt man Geschichte genug Zeit, kommt allerhand zusammen und manches in Ordnung.

»Und es ist die Stadt von Paul Cézanne«, ergänzte Axel, »seht ihr den finstern Berg dort vor uns? Das ist der Mont Saint-Victoire. Cézanne hat ihn gefühlte 150 mal gemalt.«

Axel jagte in unserem 4-Tonner mit gefühlten 150 Sachen auf das Gebirge zu, leitete nun aber mit einfachem Fuß-vom-Gas-Nehmen ein Bremsmanöver ein. Der Luftwiderstand unseres Gefährts war beachtlich, bis zur engen Autobahn-Linkskurve vor den Bergen hatten wir ausreichend Tempo verloren; kein ungebührliches Quietschen, Wanken oder Fahrwerksächzen.

»Ich fahre hier ein außergewöhnliches Automobil. Der Motor klingt nach Diesel-Achtzylinder, beschleunigt auch so, scheint aber keinen Sprit zu verbrauchen. Diese wunderschöne britische Tankuhr zeigt seit unserem Start immer noch halbvoll.«

Genoveva schaute von ihrem Tablet auf. »Kann nicht sein, der Wagen säuft normalerweise wie ein Kamel vor dem Aufbruch in die Wüste.«

Aber der Zeiger der Tankuhr hatte anders als seine Kollegen noch nicht gezittert, sondern verharrte seit Beginn unserer Fahrt vor einer knappen Stunde stoisch auf 1/2. Der Befund änderte sich, als Genoveva ihr Tablet in eine Steckverbindung der Mittelkonsole eingeklickt und nach einer Weile mit Tapsen und Wischen die Anzeige der Maschinendaten der Landyacht aktiviert hatte. Bei ›Fuel‹ hieß es in rot ›1,9 Liter‹, daneben eine grell blinkende Signalleuchte, auch in rot, nur heller, und bei ›Reichweite‹ stand ›5 km‹, ebenfalls in rot.

»Holy Shit«, kam es trocken von Axel, doch da wurde schon unsere Autobahnabfahrt für Aix angezeigt – nichts wie runter.

Genoveva hatte inzwischen mit dem Tablet nach Tankstellen gesucht und zu unserer Beruhigung melden können, die nächste komme unmittelbar nach der Abfahrt, ›Reichweite 2 km‹ meinte das Tablet. Die Tankstelle kam in Sicht und war geschlossen. Und dann ging es schnell: »Drei Straßen weiter ist die nächste« – ›Reichweite 0 km‹ – ›war die nächste‹ hätte es heißen müssen, jetzt gab es dort kein Benzin mehr, sondern Pizza-to-go, generell was Feines, aber aktuell nicht ganz das, was wir brauchten – ›Reichweite 0 km‹.

»Kurz vor der Altstadt kommt noch eine«, rief Genoveva. Und in der Tat, wir sahen eine einladend beflaggte Benzintränke, das rettende Ufer auf der anderen Seite des Kreisverkehrs, in den wir gerade einbogen, als der Motor erstarb. Lenkung und Bremsen wurden schwer, die Landyacht blieb quer über drei Spuren stehen. Ich hatte noch fünf Minuten bis zu meiner Verabredung im Zentrum.

»Sorry, große Eile, ich muss die Schiffbrüchigen im Stich lassen. Bis nachher im ›Deux Garcons‹«.

Raus aus dem gestrandeten Wal, hinter dem es sich inzwischen in Kreisverkehr und Zufahrten gehörig staute, was es mir einfach machte, ein Taxi zu finden, das mich mit gewagtem U-Turn aus dem schnell wachsenden Durcheinander zum vereinbarten Treffpunkt bringen konnte. Das immer wildere Gehupe wurde mit zunehmender Entfernung leiser, als meinem Taxi drei Polizeiwagen mit Blaulicht, Sirene in Alarmgeschwindigkeit entgegenkamen.

***

Genoveva und Axel wurden von einer jungen Mutter mit einem Baby auf dem Arm angebrüllt, die aus ihrem kleinen Renault ausgestiegen war. Aus den anderen Wagen in der Nähe kamen wütende Kommentare und Flüche, die etwas weiter entfernten Wagen hupten in unterschiedlichen Rhythmen, gelegentlich von längeren Tönen unterlegt. Genoveva hatte fünf junge Männer aus dem Stau zu dem Versuch motivieren können, die Landyacht aus dem Weg zu schieben. Sprit im Kanister hätte es nicht getan; bei leer gefahrenen Dieseln bedarf es kundiger Hände, die Treibstoffleitungen entlüften, bevor das Aggregat wieder zum Leben erweckt werden kann. Tatsächlich gelang es, das Wohnmobil etwas anzuschieben, was aber schnell damit endete, dass das Gefährt die drei Spuren noch passgenauer blockierte als zuvor. Die Lenkung hatte leicht schräg gestanden und ohne motorseitige Unterstützung waren die nötigen Rangiermanöver beim Schieben des 4-Tonners nicht durchzuführen. Die Hupenden hatten gerade einen gemeinsamen Rhythmus gefunden, als sie von den Polizeisirenen übertönt wurden. Vor dem Wohnmobil war noch Platz für die Gendarmerie, die mit drei Wagen in den Kreisverkehr eingerückt war. Die Sirenen wurden abgestellt, Blaulichter flackerten weiter, das Hupen der blockierten Automobilisten ebbte ab. Sechs Gendarmen gingen mediterran-staatsmachtlich-lässig und strengen Blickes auf Axel und Genoveva zu; alles wartete neugierig auf das Einschreiten der Ordnungskräfte.

Es war inzwischen dämmrig geworden, weshalb es schwierig war, den Einsatzleiter anhand von Merkmalen seiner Uniform auszumachen, aber Genoveva hatte ein geschultes Auge für Alpha-Männchen. Ein mittelgroßes Mitglied des dunkelblauen Rudels ging einen halben Schritt hinter seinen Kollegen und hatte einen leicht amüsierten Gesichtsausdruck. Genoveva ging auf ihn zu, nahm den Kopf ein wenig zurück und ein wenig zur Seite, die Schultern ein wenig hoch, Arme hingen herunter, Handflächen drehten sich zum Einsatzleiter, Gesichtsausdruck eines hilflosen kleinen Mädchens, rudimentäres Schulfranzösisch, dem Vergessen entrissen: »Excusez, Monsieur le Comissaire, zéro gazole.«

Axel trat zwecks Vorbereitung eines taktischen Rückzugs einen Schritt nach hinten.

»Madame«, sagte der Einsatzleiter und dann noch etwas, das Genoveva nicht verstand; Zeit zum Anstrahlen. Es schien zu helfen. Monsieur le Commissaire telefonierte kurz, dann erteilte er seinen Untergebenen knappe Befehle, bis ein Abschleppwagen mit gelben Blinklichtern vor der Landyacht in den Kreisverkehr einbog. Die Untergendarmen fuhren ihre Einsatzfahrzeuge an den Rand, die Straßenbeleuchtung ging an, zusammen mit den Blaulichtern der Streifenwagen und den gelben Blinklichtern des Abschleppers eine angemessene Krisenillumination. Der Stau war weiter angewachsen, Neuankömmlinge bekamen nicht mit, was vorne geschah und fingen vereinzelt wieder an zu hupen. Die Landyacht wurde an den Haken genommen, Axel erklomm das Cockpit. Vorsichtig setzte sich der Abschleppwagen in Bewegung, aufgestaute Automobilisten fingen an zu klatschen.

Genoveva hatte dem Monsieur le Commissaire mit Worten und Gesten begreiflich gemacht, dass die Landyacht zur Tankstelle in Sichtweite des Kreisverkehrs geschleppt werden müsse, le Commissaire hatte offenbar eingewilligt und die nötigen Ordres erteilt. Genoveva schaltete von Strahlen auf strahlendes Strahlen, deutete einen Glückshüpfer an und küsste den Obergendarm auf die Wange, was dieser mit »Madam«, angedeutetem Nicken und angedeutetem Lächeln quittierte.

Eine erleichterte Genoveva wollte noch etwas Nettes zu den Polizisten sagen, weitere Restbestände von Schulfranzösisch erreichten ihr Kleinhirn: »Allons enfants de la Patrie! Le jour de gloire est arrivé!«, dann eine kurze Pause und schließlich energisch: »Marchons! Marchons!«

Das war ein Fehler.

***

Die fünf Minuten reichten für den Weg zum »Deux Garcons« im Cours Mirabeau am Rande der Altstadt von Aix-en-Provence. Der Steuersünderdatenhändler hatte gemailt, er werde mich an einem Tisch auf der Außenterrasse des Restaurants erwarten. Als Erkennungszeichen werde er einen Band von Thomas Manns ›Joseph und seine Brüder‹ bei sich haben, für ein Treffen mit einem deutschen Sanary-Urlauber sei das doch ganz passend. Ich war neugierig auf den Unbekannten. Grüne Markisen vor dem Restaurant ausgefahren, die Terrasse hell erleuchtet, die meisten Tische besetzt, links hinten in der Ecke saß ein älterer Herr, vor ihm auf dem Tisch ein Buch. Als sich unsere Blicke trafen, stellte er es auf, ›Joseph der Ernährer‹, wie sinnig.

»Herr Dr. Timm?« Nicken, Händeschütteln, Platz nehmen.

Mein Gegenüber stellte sich als ›Ivo Kesselmeyer‹ vor, groß, schlank, sonnengebräunt und zu meiner Überraschung alt – siebzig plus, achtzig plus, schwer zu sagen – aber mit wachem Blick und jungen Bewegungen, weißer Anzug, hellblaues Hemd mit offenem Kragen. ›Banker‹ passte nicht; dieser Herr hatte Habitus und Outfit eines vornehmen Bankiers. Das Gesicht erinnerte mich an irgendwen, aber mir fiel nicht ein, an wen.

»Ich dachte, wenn sie schon aus Sanary kommen, ist das ›Deux Garcons‹ ein Treffpunkt, der mithalten kann. Hier waren bis auf Churchill – und wo war der eigentlich nicht? – wohl nur französische Berühmtheiten, aber immerhin.«

Auf der Speisekarte ein paar wenig bescheidene Angaben zu den illustren Gästen: Sartre, Picasso, Edith Piaf, Jean Cocteau, natürlich Delon und Belmondo, Cezanne hatte hier mit seinem Schulfreund Zola diniert.

»Und meine Lieblingsgeschichte zu Aix ist, dass sie hier den Marquis de Sade in Abwesenheit wegen Unzucht zum Tode verurteilt haben. Weil er nicht zu seiner Hinrichtung erschien, wurde eine de-Sade-Puppe verbrannt. Der Marquis legte gegen das Urteil aber Berufung ein und kam am Ende mit einer Ermahnung davon.«

Das gab doch Grund zur Hoffnung. »Die Ermahnung hätte ich gern gehört«, meinte ich, und der Bankier lachte. Ich fing an, ihn zu mögen.

Das Essen im Deux Garcon sei zu teuer und nicht Top-Standard, hatte Genoveva gemeint, aber das Retaurant war schön und edel, mein Meals-and-Entertainment-Budget für diesen Auftrag gab einiges her, sodass ich Herrn Kesselmeyer überreden konnte, meine Einladung anzunehmen; beim Meeresfrüchteteller konnte nicht viel schiefgehen. Der Bankier riet zum Gewürztraminer, vielleicht etwas heftig, aber warum nicht. Nach der Bestellung gab er mir die CD, ich schob sie in mein Notebook, eine lange Liste von Kontonummern, Kontoständen, Namen und Adressen. Ich staunte. Hamburger Elb- und Alsterufer, High Society, altes Geld, neues Geld und das nicht zu knapp. Die Daten sahen echt aus, ich nickte, sagte »in Ordnung« und schickte eine Mail an die Hamburger Kronsmann-Brüder.

Kesselmeyer fragte mich, was ich so mache, ich erzählte von meinem Job, er fragte nach schwierigen Steuerfällen – »viele, sehr viele« – der anwaltlichen Schweigepflicht – »allumfassend und wasserdicht« – und der Gefühlslage der Hamburger besseren Gesellschaft wegen der Steuerhinterzieher-CDs, Panama-Firmen und dergleichen – »wenig Schuldbewusstsein, aber viel Nervosität«.

Ich wagte mich an die Frage, wie er zu diesem Geschäft gekommen sei. Er schien Vertrauen zu mir gefasst zu haben und erzählte. Ivo Kesselmeyer war früher bei der Schweizer Bank Caisse Sully, hatte dort seit den ersten Anfängen mit der EDV zu tun und immer noch »seine Drähte«.

»Und warum tun Sie das?«

»Wissen Sie, Herr Dr. Timm, mir macht das nicht unbedingt Spaß, aber das Geld wird gebraucht, um meine Enkel Klaus und Erika aus einem Gefängnis in Marokko freizukaufen. Sie sind dort bei einer Reise ums Mittelmeer in eine dumme Sache mit Opium geraten.«

»Opium? Gibt es sowas überhaupt noch?«

Der Bankier gab zu, er habe sich auch gewundert, aber die Enkel waren auf irgendeiner »historischen Mission«, hatten in einem 1943er US-Jeep (stilsicher mit Reservekanister am Heck und Spaten nebst Beil an Backbord) erst die französische Mittelmeerküste bereist, Reisebeschreibungen in einen sehr erfolgreichen Internet-Blog gestellt, dann die spanische Küste, Gibraltar, schließlich Marokko.

»Bereits in Frankreich wollten sie irgendetwas auf Wegen der frühen 30er Jahre nachspielen, Opium schien dazuzugehören. Beim Lesen des Blogs konnte man schon merken, dass die Sache außer Kontrolle geriet.

« Und in Casablanca hatte man sie dann verhaftet, als sie im Vollrausch versuchten, mit dem Jeep durch einen Zaun auf das Rollfeld des Flughafens zu gelangen.

»Der Hilferuf ging an den Großvater, was ich verstehe. Meine Tochter und mein Schwiegersohn wissen nichts davon, und es ist für alle besser, wenn es so bleibt.«

Mir kamen ganz neue Gedanken zu meinem Enkelkind in spe.

»Ich habe ein paar Beziehungen in Nordafrika, aber es kostet eine Stange Geld«, erklärte der Ex-Bankier weiter «ich bin zwar durchaus wohlhabend, aber das übersteigt meine Mittel vielleicht doch etwas. Und es gibt da auch noch mehr Enkel, um die ich mich bestimmt noch einmal kümmern muss.«

Inzwischen waren die Meeresfrüchteteller da, bei mir waren als erstes die vier Austern dran, bei Nummer drei machte mein Notebook »ping«, was hieß, eine Mail war da und ich konnte Herrn Kesselmeyer melden, dass die pekuniäre Seite seines aktuellen Enkelproblems gelöst war. Das Geld sei auf das gewünschte Konto bei einer Bank der schönen Kanalinsel Guernsey transferiert, ein Ort, der sich wegen milden Klimas, alter Autos und nach wie vor recht liberaler Grundhaltung der örtlichen Finanzdienstleister großer Beliebtheit erfreut.

Der Bankier nickte zufrieden, hob sein Glas: »Auf die Familie Kronsmann!«

Das passte. »Ja, auf unser beider treue Kunden!«

»Dürfen wir mitprosten?« hörte ich Axels Stimme hinter mir, und neben mir stand plötzlich Genoveva, die dem erfreuten Herrn Kesselmeyer lächelnd die Hand entgegenstreckte.

Stühlerücken, mehr Meeresfrüchte und nun Champagner, Veuve Clicquot Ponsardin, der Bankier lud ein. Trotz der freundlichen Begrüßung wirkte Genoveva derangiert, aus der Fassung.

»Ich hasse sie alle, alle in ihren Uniformen«, zischte sie wütend.

Und Axel sekundierte mit fester Stimme: »Faschistischer Bullenterror!«

Bei Genovevas »Allons enfants de la Patrie!« hatte es den ersten misstrauischen Blick des Commissaire gegeben, bei »Le jour de gloire est arrivé!« ein Dutzend unfreundlich funkelnde Polizistenaugen und bei »Marchons! Marchons!« war die Stimmung endgültig gekippt. Französische Ordnungshüter schätzen es nicht, wenn man sie nicht erst nimmt. Und einer Deutschen, die im Feierabendverkehr des altehrwürdigen Aix-en-Provence mit einem Luxus-Wohnmobil erst ein Verkehrschaos verursacht, um dann den hilfsbereiten Ordnungshütern den Text ihrer Nationalhymne aufzusagen, mangelt es klar am Mindestmaß des geforderten Respekts. Die Gendarmerie Nationale fühlte sich verschaukelt; Genoveva, Axel und Wohnmobil mussten zur Polizeistation. Der Alkoholtest führte zu keinen Beanstandungen, trotzdem lange Belehrungen auf französisch, die sie nicht verstanden, Zettel auf französisch unterschreiben, die sie auch nicht verstanden und dann raus. Die Landyacht verblieb im Polizeigewahrsam. Sie war vom Departement Bouches-du-Rhône beschlagnahmt worden, und das wollte sie vorerst nicht wieder herausgeben, soviel hatten sie begriffen. Das Wohnmobil war Beweismittel, Werkzeug einer Straftat oder ähnlich Beschlagnahmewürdiges, jedenfalls war es jetzt bei der Gendarmerie und Gegenstand einer behördlichen Untersuchung noch ungewisser Dauer und ungewissen Ausgangs.

Ivo Kesselmeyer war von diesem Bericht sichtlich amüsiert. »Das war doch sehr couragiert, Frau Schlüter.«

Genoveva ließ sich nur zu gern von ihm trösten, »aber nennen Sie mich doch bitte Genoveva«, und die Veuve tat auch, wozu sie da war, bis vor dem Edellokal ein weißer Lieferwagen auftauchte und dreimal laut hupte. Unsere tragische Heldin hatte es auf der Wache noch geschafft, einem unteren Dienstrang, der passabel englisch sprach, klarzumachen, dass wir abends noch irgendwie zurück nach Sanary müssten und dafür ein anständiges Preisgeld aufgerufen. Der junge Polizist war mit dem Lieferwagen seines Bruders gekommen, um uns nach Hause zu chauffieren. Ein freundlicher Abschied vom Bankier. Er hatte am Ende darauf bestanden, die ganze Rechnung zu übernehmen:

»Wer mit ›Joseph dem Ernährer‹ in ein Restaurant kommt, muss auch zahlen.«

Wir mussten uns beeilen, hinter unserem VIP-Shuttle staute es sich bereits. »Bitte nicht wieder hupen«, flehte Genoveva.

Schneller Einstieg, die Dame nebst Juniorgendarm vorn, Axel und ich zwischen Artischockenkartons hinten auf einer Notbank im fensterlosen Laderaum, ging es bei dröhnendem Dieselärm durch die Nacht zurück Richtung Urlaubsvilla. Axel und ich trotz allem zufrieden – Auftrag fast erledigt, die CD musste nur noch zu den Kronsmanns geschafft werden, Honorar so gut wie verdient. Das Broken-English auf den Vordersitzen klang so, als ob auch bei Genoveva Nerven und Stimmung trotz der unvorteilhaften Begegnung mit den Ordnungs- und Strafverfolgungsbehörden am frühen Abend wieder okay waren. Axel simste, appte und mailte pausenlos auf seinem Smartphone, das mit seinem hellen Display etwas Licht in die Artischocken brachte.

»Ich habe auch noch einen Platz im Flieger bekommen, ich komme morgen mit nach Hamburg.«

Warum auch immer – vielleicht wollte Axel nur nicht mit Genoveva alleinsein. Der Abend reichte noch für etwas Sanary bei Nacht mit Pastis am Pool. Die Männer bauten die Liegen auf, die Dame holte Gläser und Zutaten für die Drinks.

»Das Licht im Kühlschrank geht nicht« rief Genoveva aus der Küche.

Axel und ich schauten uns an, wir mussten lachen. Das Licht ging bereits nicht, als ich das Ferienhaus in Besitz nahm; wahrscheinlich brauchte es nur eine neue Glühbirne. Axel meinte, er werde sich bei Gelegenheit darum kümmern.

»In Sachen Kühlschrankbeleuchtung kenn‹ ich mich aus,« stellte er fest.

»Ich weiß« entgegnete ich.

Nächster Morgen, wieder Frühstück im Sonnenschein, aber diesmal ohne Anschluss-Siesta. Axel hatte für uns beide im Flug Nizza Hamburg nebeneinanderliegende Sitzplätze besorgt, wir brausten mit seinem Smart zum Aéroport Nice Côte d‹Azur. Genoveva wollte in Sanary »das Haus hüten«, bis zur geplanten Axel-Lukas-Rückkehr in zwei Tagen, und dann wollten wir drei das nahe Marseille angucken, inklusive Bootstour zur legendären Gefängnisinsel Chateau d'If, die Landyacht befreien, Weingüter verkosten, ein Motorbötchen mieten, um versteckte Buchten anzusteuern.

Unser alter Freund, der kleine Wirtschaftsprüfer Conrad, hatte sich bei Axel gemeldet. Als Axel erfuhr, Conrad habe sich gerade von seinem angetrauten Lover getrennt, lud Axel den Armen spontan ein, zu uns nach Sanary zu stoßen. Conrad überlegte noch, schien aber einer leichten Zeit in der Provence mit Tröstung durch seine alten Kumpel Axel und Lukas nicht abgeneigt – doch im Leben geht es häufig nicht ohne Umwege.

Der Flug ging nach einer schönen Kurve über die Engelsbucht in der Sonne bald über Alpen, Alpen, Alpen und noch zweimal solang über unser Heimatland direkt nach Hamburg in einem Minijet mit Sandwichs und Sprudel.

»Schön, mal wieder in Hamburg anzukommen«, meinte Axel.

Ich nickte, obwohl ich lieber in Sanary geblieben wäre. Ich war ja der Hansestadt zwecks Urlaubs vor gerade einmal vier Tagen entflohen, aber die Kronsmanns hatten auf persönlicher Überbringung der sündigen Schweizer CD bestanden – konnte ich verstehen, heikle Fracht. Meine Frau Lisa holte uns am Terminal ab, Kuss für mich, herzliche Begrüßung für Axel:

»Dann sind die zwei glorreichen Halunken ja wieder im Einsatz. Möge die Macht mit euch sein.«
Die Macht hatte sich noch nicht entschieden.

3. Teil

» L'art pour l'art ? Was fällt dir ein! Ich will nichts mehr dazu hören«, schimpfte der Patriarch. *»Die Kunst kommt in den Keller am Hafen. Im Auge des Orkans ist es am sichersten. Die Noldes, die Klees, der Hofer, Manet und Monet und die alten Sachen aus Lübeck. Und die schrecklichen Kosslowski-Bilder, die eure Mutter so schätzt. Seht zu, dass es da schön trocken ist und passt mir ja auf meinen Gaul'schen Fischotter auf!«*

Thomas blickte trotzig auf den Boden aber Poldi ließ sich auf seine Reflexe ein, klappte die Hacken zusammen, salutierte und sagte »Jawoll«.

Das Goodman-Quartett

Die Explosion hatte die Arbeit der vier vollendet, doch Chuck und Dave waren tot. Sie sahen noch ziemlich ganz aus, als sie neben Tom lagen, nur aus ein paar kleineren Stellen lief etwas Blut, wie er mit seiner Taschenlampe feststellte. Tom hatte Angst vor der Trauer, die ihn sicher gleich zu fassen kriegen würde. An die Nachrichten zum Tod von Freunden und Bekannten, die an allen möglichen und unmöglichen Ecken Europas »ehrenvoll« und »für das Vaterland« alle möglichen und unmöglichen Tode starben, hatte er sich gewöhnt. Die Hamburger Bombennächte der vergangenen Woche hatte er in nur wenigen Kilometern Entfernung erlebt, war danach in der Stadt gewesen, hatte viele Tote gesehen, noch mehr gerochen, aber wenig gefühlt. Doch Chuck und Dave waren in den letzten Jahren seine besten Freunde geworden, seine Parteigenossen ganz eigener Art im Geiste des ›Swing‹, gegen Nazigerede, Kriegsschrecken und Eltern, die nichts verstanden und nichts sagten. Vera war mit dem Fahrrad los, Hilfe holen. Die anderen Freunde nannten die vier das Goodman-Quartett, sie waren der Bigband Musik des amerikanischen Meisters verfallen. Chucks Spitzname stammte von Charlie Teagarden, Dave hatte sich nach Dave Tough benannt – beides Könner in Benny Goodmans Band und obendrein tolle Namen. Thomas hatte sich nicht recht für einen Lieblingsswinger entscheiden können und so musste ›Tom‹ halt reichen. Und Vera war eben Vera; gab es überhaupt Frauen in den Bigbands der Dreißiger und Vierziger?

Die drei Swingboys waren in der Nacht mit dem Lieferwagen der Firma von Toms Vater so dicht wie möglich an den Kaiserspeicher im Hamburger Hafen herangefahren, Vera mit Lampe und Fahrrad voraus, um zu schauen, wo zwischen den Trümmern noch genug Platz zum Durchkommen war. Obwohl oberirdisch fast alles zerbombt war, kamen sie sehr dicht an den gesuchten Kellereingang heran. Es war nicht schwer, die sorgsam verpackten Gemälde und Skulpturen in den untersten Keller zu schaffen, aber einige Arbeit machte es, den Eingang zu vermauern und zu verputzen. Und dann machten sie sich daran, den Gang davor mit Schutt zu verfüllen. Schutt gab es mehr als genug, aber nicht jeder Schutt ist gut zum Schaufeln; die zwei Lampen gaben auch zu wenig Licht. Chuck stieß mit der Schaufel auf die noch intakte Sprengbombe der Royal Air Force, plötzlich gab es viel zu viel Licht und noch mehr Lärm. Und so wurde der Graben vor dem Kellereingang in weniger als einer Sekunde verfüllt und zwei Mitglieder des Goodman-Quartetts lebten nicht mehr. Vera kam mit ein paar Helfern zurück, die die toten Freunde mitnahmen. Die Helfer fanden nichts Ungewöhnliches an vier jungen Leuten mit Schaufeln, Maurerkellen, Zement und einem Lieferwagen mitten in der warmen Augustnacht 1943 zwischen den Trümmern des Speichers im Hamburger Hafen. In der Stadt gab es kaum noch Gewöhnliches, weshalb Ungewöhnliches in dieser Nacht am Kai nicht auffiel.

Es war die Idee von Thomas' Vater gewesen, die Kunstsammlung der Familie im Keller unter dem Speicher vor Kriegswirren und damit einhergehendem Unbill in Sicherheit zu bringen. Tom war schon länger nicht mehr gut auf den Patriarchen zu sprechen – umgekehrt schien es genauso. Die letzte Kränkung hatte Tom am Nachmittag erfahren, als er den Einberufungsbefehl bekommen hatte, und sein Vater ihn mal wieder wegen seiner geliebten langen Haare rüffelte, die doch ohnehin abgeschnitten würden, wenn er in drei Wochen einrückte. Die älteren Brüder waren bereits an der Front; Tom hatte es wegen kriegswichtiger Tätigkeiten in der Waffenproduktion einer der diversen Familienfirmen noch einige Zeit hinauszögern können, doch nun würde auch er demnächst mit dem Feld der Ehre Bekanntschaft machen. Und da dachte das Familienoberhaupt offenbar an nichts anderes, als an schräge Aktionen, um Kunstschätze beiseite zu schaffen.

»L‹art pour l'art – hat der Herr Papa keine anderen Sorgen?«

Der Alte war wütend geworden, der unerträgliche Dauerhausgast Onkel Leopold stand stramm und das war's dann. Glücklicherweise war Poldi plötzlich wieder wegen dringender Parteiangelegenheiten unabkömmlich und vergaß auch, die zugesagten Hilfskräfte zu organisieren, womit dem Goodman-Quartett ein Auftrag beschert wurde, der zumindest spannend war. Als Belohnung winkte die Überlassung des Lieferwagens für zehn Tage. Damit ließ sich allerhand Wunderbares anstellen, vielleicht ging ja auch noch mehr mit Vera. Doch nun war das halbe Quartett tot. Tom heulte wie ein Schlosshund, Vera nahm ihn in die Arme und wollte ihn trösten, heulte dann aber einfach mit.

Beide hatten noch zehn Tage Freiheit mit Lieferwagen, fuhren kreuz und quer durch Schleswig-Holstein, verbrachten etwas Zeit bei Veras Großeltern in Travemünde, konnten nicht froh sein nach dem Verlust ihrer Freunde, aber die Trauer wurde weniger und wenn sie sich umarmten, war dies nicht immer nur zum Trösten. Tom kam zur Marine auf einen Minensucher, der auf der Ostsee hin- und herfuhr, bis er im April 1945 in der Schlei darauf wartete, endlich von den Engländern besiegt zu werden.

Joh. Kronsmann & Soehne

Die altehrwürdige Hamburger Firma Joh. Kronsmann & Soehne nebst zugehöriger hanseatischer Kaufmannsfamilie waren auch unter den Nazis zurechtgekommen. Gut 150 Jahre Erfahrung mit unterschiedlichsten Regierungen und gelegentlichem politischen Fieberwahn zahlten sich aus, wobei man enge Umarmungen mit den Mächtigen meist vermied. Es gab auch keine Sympathie zu den braunen Machthabern. Nichts gegen Alleinherrscher und ähnliches, das Kaiserreich war den Kronsmanns gut bekommen. Aber die Nazis waren laute Proleten, das Völkische mit dem ganzen Gefackel, Tätärä und Hackenschlagen war schlicht albern und Krieg musste wirklich nicht sein. Die Geschäfte mit England und dem Baltikum waren 1939 zusammengebrochen; die Kronsmann-Firmen fuhren mit Ausnahme einer kleinen Gewehrproduktion auf Reserve. Die riss es allerdings raus. Gutes Geld für treffsicheres Gerät und bei kriegswichtiger Produktion auch erleichterte Zugangswege zu Speis, Trank, Tabakwaren und Automobilen nebst Treib- und Schmierstoffen.

In der mütterlichen Familie gab es jüdische Vorfahren, womit die Mutter nach den Nazi-Arierkriterien »Vierteljüdin« war. Um diesbezüglich möglichen unschönen

Entwicklungen vorzubeugen, fand sich eine hanseatische Lösung. Der entfernte Cousin Leopold, bis 1933 mit diversen gescheiterten Geschäftsanläufen schwarzes Schaf der Familie und auch in Sachen Manieren und Auftritt nicht unbedingt vorzeigbar, war bereits 1924 in die NSDAP eingetreten, hatte eine kleine Parteikarriere gemacht und wurde 1934 in Hamburg Kreisleiter. So wurde ihm in der Blankeneser Kronsmann-Villa am Mühlenberger Weg eine Wohnung eingerichtet. Poldi erlag dem diskreten Charme der Hamburger Elbvororte und fortan wohnte ein politischer Schutzpatron im Hause. Als das großgermanische Reich dann 1945 endete, gab es keine Verwendung mehr für NSDAP-Kreisleiter und Poldi musste seine Wohnung am Familiensitz räumen. Einerseits war das Reichsende für ihn eine Erleichterung. Seiner Idee, 1944 eine Manufaktur für Führerbüsten aus Bergkristall zu gründen, war wieder einmal nicht der erwartete unternehmerische Erfolg beschieden. So hatte er schon ab Ende des Jahres die Produktion mit heimlichen ›Darlehen‹ aus der von ihm verwalteten Parteikasse finanzieren müssen und fürchtete, zunehmend grünlich im Gesicht, den Zugriff der Justiz. Als die Nazis dann im Mai 1945 nichts mehr zu sagen hatten, fühlte er sich aber auch nicht viel besser. Dass die Briten eine lokale Parteigröße ungeschoren lassen würden, war nicht zu erwarten. Doch warum auch immer – er wurde nicht verhaftet, und ein gnädiges Schicksal ließ ihn irgendeines natürlichen Todes sterben, bevor seine Entnazifizierung richtig in Gang kam.

Doch im Sommer 1943 war Poldi noch voll im Saft und hatte den Entschluss seines Onkels, die Kunstsammlung der Familie im Keller des Kaiserspeichers am Großen Grasbrook zu verstecken, unterstützt – angeblich auch den Plan dazu ausgetüftelt. Es hatte dabei leider diesen Unglücksfall gegeben, doch die Sammlung war unversehrt, die Eingänge zum Versteck waren solide verschüttet, die Kunst in Sicherheit. Alte Bilder, Impressionisten und Skulpturen und vieles aus den 1920ern und frühen 1930ern, von Eltern und Großeltern und Urgroßeltern geliebt, gesucht, gekauft, gesammelt und jetzt, nach den Bombennächten in dem für 99 Jahre gemieteten Keller eingelagert. Trotz der britischen Bomben, die in dem Gemäuer heftig gewütet hatten, waren die tiefsten Keller »fast wie neu«, und die sollten es ja sein. Überirdisch alles zertrümmert, daher unwahrscheinlich, dass sich die Royal Air Force gerade hier noch einmal austoben würde. Diskret im tiefen Keller mit vermauerten Zugängen, dicht bei und mitten in der Stadt schien jedenfalls sicherer als irgendwo weit weg auf dem Land, wo latent der Scheunenfund durch Gestalten mit undurchsichtigen Absichten drohte. Deren gab es seinerzeit diverse, viele wurden immer undurchsichtiger. Der Plan ging auf, der Keller blieb zu, die Kunst unbeschädigt. Wie viele im Krieg dachten, danach seien die Probleme gelöst, dachte auch Kronsmann senior, nach wessen Sieg auch immer würde die Kunstsammlung geschmeidig ihren Weg zurück nach Blankenese finden.

Irrtum.

4. Teil

»*Eine Familie muss einig sein, muss zusammenhalten, Heinrich, sonst klopft das Übel an die Tür.*«
Natürlich hatte der Bruder recht, aber war es wirklich nötig, dass nun der nachhaltig verschwundene Tom am Ende wieder das Sagen haben sollte? Heinrich fluchte über seinen jüngeren Bruder Johann. Er war im Alter immer wunderlicher geworden, verbrachte ganze Nachmittage mit alten und neuen Familientestamenten. Die guten Zeiten der schnellen Geschäfte schienen vorbei und vergessen. Heinrich stand nicht der Sinn nach großen Wahrheiten. Hier waren Dinge zu erledigen, aber ohne seine Brüder ging es eben nicht.

Villa mit Elbblick und Aufsitzmäher

Das Blankeneser Elbufer ist vom lieben Gott sehr vorteilhaft geplant. Zum einen gibt es Hänge und Erhebungen von bis zu 74,7 Meter Höhe (die von den Eingeborenen »Berge« genannt werden), was die Zahl der Grundstücke mit Blick auf den Fluss um den Faktor 4 erhöht. Zum anderen gibt es diverse Schluchten, die ins Land ragen, was Platz schafft für kleine Häuser, die über Treppen erreicht werden können, oder für Parks. Entsprechend wurde dieser Teil der Schöpfung von Gottes Hamburger Kindern auch genutzt. Der Mühlenberger Weg führt von der hier etwas landeinwärts parallel zum Fluss verlaufenden Elbchaussee Richtung Ufer, links hinter Hecken und Mauern in Würde gealterte Villenpracht, rechts geht es tief runter in Baurs Park.

Die Einfahrt zum Kronsmann'schen Anwesen nicht eng, aber die Linkskurve zum Hof etwas tückisch, Risiko an den gemauerten rechten Torpfosten zu schrammen. Großer gepflasterter Hof, Audi, Volvo, Golf, Golf. Wer hier länger einen Ferrari oder Rolls Royce abstellen will, muss mit einer Nachbarschaftsklage rechnen, die das Auto wegen Verstoßes gegen die Understatement-Verordnung des Bezirks in die Garage verbannt. Mein Freelander, ein eher schmächtiges Mitglied der britischen Landrover-Familie, war okay. Die Villa ein großer Zweigeschosser, Rotklinker, hohes Walmdach, stolze Tür mit Balkon drüber, der sich gut für Ansprachen ans Volk oder zum Sich-Huldigen-Lassen eignet. Viel Volk treibt sich hier allerdings nicht herum, dieser Balkon musste sich im Wesentlichen selbst genug sein, was ihm aber gut zu gelingen schien. Drei Stufen hoch zur Tür. Hier wurde nicht geklingelt, hier wurde geläutet.

»Herr Dr. Timm, ich freue mich, dass Sie kommen. Ich bin Heinrich Kronsmann, treten Sie ein. Ist dies nicht ein herrlicher Sommertag?«

War es. Ich hatte die Hamburger Kronsmann-Brüder, zwei in der Hamburger Gesellschaft anerkannte Honoratioren der hiesigen Kaufmannschaft, schon des Öfteren auf Fotos der Lokalpresse gesehen. Außerdem war ich vor längerer Zeit einmal für die Firma tätig gewesen. Marmor, helle Wände, hohe Decken; durch den Vorraum und einen vielleicht etwas zu großen Flur in den vielleicht etwas zu großen Saal mit dem vielleicht etwas zu großen Elbblick, wo schon der zweite Bruder begrüßte, die Rechte zwecks Händeschüttelns auf mich zuschießend, lächelnd: »Und ich bin Johann. Wissen Sie, es ist zwecklos, so zu tun, als gäbe es diesen Elbblick nicht. Lassen Sie uns auf die Terrasse gehen und schauen Sie sich um.«

Enjoy the Show – ich tat's. Eine große Rasenfläche, links und rechts Beete mit Rhododendren und alten Bäumen, Richtung Elbufer absteigend, am Ende eine Mauer, über die man zwischen zwei besonders großen Bäumen auf den Fluss blickte. Aufsitzrasenmäher, in einiger Ferne die Fläche von links nach rechts querend und dann zurück. Auf der anderen Seite der Elbe ein Ausläufer der Airbuswerke. Hier war bis vor ein paar Jahren noch das »Mühlenberger Loch«. Ein matschiges Flussrandstück, das der liebe Gott versehentlich nicht bis zu Ende geplant hatte. Airbus meinte, dem könne mittels großzügiger Aufschüttungen und dem Bau einiger Hallen für das Hamburger Flugzeugwerk abgeholfen werden. Doch wie bei vielen Planungsfehlern der Schöpfung meinten einige von Gottes Kindern, es handle sich dabei um ein schützenswertes Biotop und wurden rebellisch, als ihre Geschwister die Bagger schicken wollten. Es kam zu einer erstaunliche Allianz aus Obstbauern vom Südufer des Flusses, norduferlichem Hanseatenbürgeradel und Umweltschützern, die eine gemeinsame Liebe zu Vögeln entdeckten, deren niedliche Nist-, Brut- und Ausruhplätze einem großen Brutplatz für Flugzeuge weichen sollten. Die Allianz der Lochschützer setzte alles in Bewegung, um die Schlammaue Schlammaue sein zu lassen. Das Nordufer mit weit überdurchschnittlicher Anwaltsdichte sorgte für das Beschreiten des Rechtswegs (womit der Hansestadt Traktorblockaden der City erspart blieben) und – verlor. In erster Instanz, in zweiter Instanz und Schluss. Ich hatte kein Wort gesagt, nur auf die Flugzeugwerft geschaut, als Johann sagte »Ja, das ist bedauerlich«.

Der Aufsitzmäher kam jetzt auf mich zu. Er wurde von einem älteren Herrn gesteuert, der Ohrenschützer gegen den Lärm trug und mir fröhlich winkte, auf dem Kopf ein rotes Cap, auf dem ich jetzt die schwarze Aufschrift »EStDVO« und in weißer Schrift »Beck Verlag« lesen konnte. Ich kannte den Mäherpiloten irgendwo her, wusste aber im Moment nicht, wer er war.

»Ja, das ist Herr Lundius, Steuerberater der Familie in zweiter Generation. Sie haben damals in der Sache mit der Firmenchronik gut mit ihm zusammengearbeitet. Deswegen hatten wir Frau Schumann-Steigbert auch darum gebeten, Sie mit der CD-Sache zu betrauen.«

Der alte Fall, der Historikerstreik mit dem Finanzamt. Zum 200. Jubiläum von Joh. Kronsmann & Soehne wurde ein Doktor der Geschichtswissenschaft mit der Abfassung einer Firmenchronik beauftragt, was der junge Gelehrte unter eifrigen Recherchen in alten Akten des Traditionshauses auch tat. Er lieferte pünktlich, die Chronik war lesbar, ausführlich, detailgenau – ein rundum gelungenes Werk. Der Haken dabei war, der schnelle Aufstieg von Joh. Kronsmann & Soehne in der zweiten Hälfte des 18. Jahrhunderts unter dem Gründer nebst Soehnen war im wesentlichen Gewinnen aus dem Transport von afrikanischen Sklaven in die Neue Welt zu verdanken. Auf dem Rückweg brachten die Schiffe Tabak mit. Dies war in der Familie zwar nicht unbekannt, aber das nunmehr akribisch recherchierte Ausmaß dieses Geschäfts, in drei Buchkapiteln gut lesbar beschrieben, kam als Schock. Zunächst wurde mit dem Historiker verhandelt, ob man das nicht etwas anders und weniger und in einem gütigeren Licht darstellen könne. Dies ging jedoch gegen seine Wissenschaftlerehre und damit gar nicht. Blieb nur noch der Ausweg, die Chronik in den Reißwolf zu stecken und Stillschweigen zu vereinbaren. Die Firma zahlte dem Herrn Doktor die vereinbarte Vergütung, erhöht um ein ansehnliches Schweigegeld. Als der Steuerprüfer auf diese Ausgaben des Unternehmens stieß, keine Firmenchronik fand und die Kronsmann-Brüder zur Sache auch nur widerwillig und spärlich Auskunft gaben, wurde es bei der finanzamtlichen Prüfung der Kronsmann'schen Firmen noch ungemütlicher als es ohnehin schon war. Es fiel sogar das unschöne Wort ›Steuerhinterziehung‹; Anlass für Lundius, den Firmensteuerberater in zweiter Generation, einen mit solchen Problemen vertrauten Advokaten zu konsultieren. Wir hatten gut zusammengearbeitet, am Ende gab das Finanzamt klein bei, die Kosten für die Chronik im Reißwolf wurden als Firmenkosten akzeptiert, Gerichtsverfahren vermieden.

Das mochte fünfzehn Jahre her gewesen sein, aber Herr Lundius auf dem Aufsitzmäher hatte mich schon von Ferne erkannt oder er war über mein Kommen unterrichtet, jedenfalls begrüßte er mich herzlich
»Dr. Timm, wie schön, Sie wieder zu treffen. Immer noch im Grabenkrieg mit unserem Fiskus?«, was ich bejahte. »Ich habe letztes Jahr aufgehört und jetzt mähe ich Rasen in Blankenese«.
Das war überraschend, doch Lundius klärte mich stolz und voller Freude auf. Es handelte sich nicht um eine Strafversetzung oder dergleichen, ganz im Gegenteil. Im Jahr zuvor bei der Bilanzbesprechung in der Villa Kronsmann hatte er von der unerwarteten Kündigung des langjährigen, treuen Gärtners erfahren, der sich um das Kronsmann'sche und ein paar andere Blankeneser Anwesen gekümmert hatte. Und da wurde dem 62-jährigen Vereidigten Buchprüfer und Steuerberater der Firma und Familie plötzlich klar, dass er den ganzen Bilanz- und Steuerkrempel schon lange gründlich satt hatte. Er bewarb sich spontan um den Gärtnerjob, und die nur kurz erstaunten Kronsmanns engagierten ihn, nachdem er ihnen versichert hatte, die Steuerangelegenheiten der Firma würden zuverlässig von Lundius' Partnern erledigt, wenn er jetzt seinen vielleicht schon etwas zu lang ausgeübten Beruf

an den Nagel hänge. Und in ein paar Jahren könne sein Sohn das ja weitermachen – Lundius junior war zwar noch Student der Wirtschaftswissenschaften, aber sein Weg zum zukünftigen Sozius bei Lundius & Partner vorbestimmt, sobald die nötigen Examina absolviert wären. Die Arrangements dazu mit seinen Ex-Partnern hatte Lundius senior in weiser Voraussicht und guter Familientradition bereits getroffen.

Lundius und ich waren ein paar Schritte gegangen, standen nun neben der Villa, wo sich eine klassische Pool-Szene bot.

»Und als Nebenjob kümmert sich mein Filius studiosus Christoph um das Schwimmbad der Kronsmanns«.

Am Beckenrand des vielleicht 5 mal 10 Meter großen Swimmingpools stand ein Bild von einem jungen Mann, knapp 1,90 Meter groß, nackter Oberkörper, schlank und muskulös, dunkles Haar, weiße Shorts, weiße Strümpfe in weißen Segelschuhen, der den Swimmingpool-Reinigungssauger am langen Stil mit gemächlichen Bewegungen am Grund des Beckens hin- und herschob. Der Sauger war über einen langen Schlauch, der sich langsam drehte und wand, mit einer Pumpe am Poolrand verbunden, die leise gluckerte. An der Adonis gegenüberliegenden Seite des Pools lagen drei weibliche Teenager in Bikinis auf halb hochgestellten Gartenliegen, iPads auf die Hüften gelegt, durch drei Sonnenbrillen jede Bewegung des schönen Lundius Filius beobachtend. Weder Filius noch die drei Grazien schienen Lundius senior und mich zu bemerken.

»Ich denke, das bewegt sich durchaus im Rahmen der Familientradition«, meinte ein stolzer Vater.

Mir fiel ein, dass der Vater von Lundius senior vor langer Zeit etwas mit zwei jüngeren Cousinen der Kronsmann-Brüder gehabt haben sollte – mit beiden gleichzeitig und harmonisch, bis sie durch einen Unfall zu Tode kamen.

Lundius bekam einen Anruf auf seinem Handy und entschuldigte sich bei mir.

»Ja? Oh, Elisabeth, natürlich habe ich die kleinen Rosensträucher für deine Terrasse ...«.

Johann Kronsmann trat zu uns. »Herr Dr. Timm, ich glaube, wir sollten mit unserer Besprechung beginnen.«

Wir saßen nun im großen Saal – Ehre, wem Ehre gebührt.

»Sie trinken sicherlich gern Tee?«

Sicherlich trank ich nicht gern Tee, aber ich nickte. Ich wollte bald wieder los; Axel, meine Frau Lisa und ich hatten für den Abend ein Artischockenessen geplant, und ich hatte Lust, mit in der Küche herumzuwuseln.

Eine elegante ältere Dame, die mir als die Haushälterin Frau Severin vorgestellt wurde, servierte Tee und Gebäck (hier hieß es Gebäck und nicht Kekse). Die Brüder bekamen die Steuersünder-CD überreicht, schoben sie in einen Laptop, klickten sich durch Dateien, scrollten durch Namens- und Kontenlisten, wirkten gelassen, sprachen nur manchmal leise unter sich; ab und zu mussten sie schmunzeln. Heinrich und Johann hatten die 80 deutlich hinter sich gelassen. Sie waren schlank und mittelgroß, die Gesichter fast quadratisch, schmale Augen (wahrscheinlich hatte es in der Kronsmann'schen Ahnenreihe mal einen asiatischen Fehltritt gegeben), beide vornehm, leger in hellen Hosen, Blazern, darunter hellblaue Hemden, edle Schals in den Kragenausschnitten und passende Einstecktücher, ein Blankeneser Altherrenduo in Reinkultur. Als sie fertig waren, wirkten sie zufrieden und quittierten mir die Übergabe der Dateien.

»Gut gemacht, Herr Dr. Timm, vielen Dank an Sie und Danke und Grüße auch an Ihren Assistenten. Das Honorar ist angewiesen. Dieser Auftrag ist abgeschlossen.«

Der guten Ordnung halber noch ein paar Sätze und dann ab die Post – so war mein Plan. Vielleicht würden mich die Kronsmanns ja auch mit der Abfassung der Selbstanzeige beim Finanzamt betrauen; ein kleiner Zusatzauftrag als Dessert zu der Provence-Mission.

»Und jetzt werden Sie die Steuern auf das Geld nachzahlen?«, fragte ich.

»Zunächst müssen wir uns einmal um einige Freunde und Geschäftspartner kümmern, die da auch in den Listen stehen. Sie wissen ja am besten, welche Auslagen und Kosten wir hatten.«

Hinterzogene Steuern nachzuzahlen, schien auf der Kronsmann'schen Prioritätenliste nicht mehr ganz oben zu stehen; zuerst sollten sich offenbar andere Namen von der Sünder-CD an Schweigegeld, meinem Honorar und anderen Kosten beteiligen. Sollte vielleicht auch noch ein kleiner Kronsmann-Schnitt dabei herausspringen? War es naiv gewesen zu glauben, dass meine Auftraggeber die weitere Abwicklung der Angelegenheit getreu den Buchstaben des Gesetzes durchführen würden? Hatte ich mich strafbar gemacht? Ich war nicht verpflichtet, die Sache deutschen Finanzämtern zu melden. Falls die Kronsmanns anderen CD-Sündern in ungebührlicher Weise ungebührliche Summen Geldes abknöpfen würden, hatte ich davon erst erfahren, nachdem sie die CD schon hatten, womit ich bei solchen Taten nicht wissentlich mitgeholfen hatte. Und vielleicht würden sie so etwas ja auch nicht tun und auch noch brav ihre Steuern nachzahlen. Damit fand ich mich in Sachen deutsches Strafrecht hinreichend sauber, war zwar nicht begeistert, wusste aber keine bessere Alternative als einfach nichts zu tun – besser auch nicht nicken. Vielleicht hatte ich mit meinen Abhol- und Kurierdiensten gegen Schweizer Gesetze verstoßen, aber damit konnte ich vorerst leben. Dann eben mal ein Weilchen ohne Reisen zu den Eidgenossen; Toblerone gibt es auch im Supermarkt an der Ecke.

»Meinen Sie nicht auch, dass es bei unserem fiskalischen Unwesen bisweilen legitim ist, in seiner Steuererklärung etwas auszulassen?«, fragte Heinrich.

Wollte er von mir eine Absolution für die Kronsmann'schen Steuerhinterziehungen? Unsere Steuergesetze sind tatsächlich mies, obszön kompliziert und selbst mit großem Aufwand und angemessener Gewissensanstrengung kaum beherrschbar. Und Steuerprüfungen gleichen bisweilen eher Raubzügen von Wikingern als zivilisiertem Verwaltungshandeln. Aber egal, Steuerhinterziehung zu legitimieren, ist ähnlich dämlich, wie die landesweite Empörerei über Steuersünder, mit der Politiker und Medien unsere Stammtische und Glashäuser bedienen. Doch so lange keine Toten auf der Straße liegen, sind mir solche Fragen nach Recht, Unrecht und Bürgermoral der anderen nicht sonderlich wichtig.

»Wissen Sie, ich kann mir viele unserer Gesetze auch nur damit erklären, dass da jemand eine Wette verloren hat. Aber ich bin genug damit beschäftigt, für mich rauszukriegen, was richtig und was falsch ist. Da muss ich nicht noch groß über andere richten,« lavierte ich in Sachen Antwort herum, um das Gespräch mit einer weiteren, kleinen

WeißnichtWeisheit möglichst abzuschließen: »Wenn ich zwischen großen Wahrheiten und kleinen Lügen wählen muss, entscheide ich mich allerdings stets für letztere.«

Das war zwar irgendwie schief, doch sehr schön gesagt, und offenbar sah mein Publikum das auch so. Zwei lächelnde, nickende Kronsmann-Gesichter und ich wollte nun nach Hause, doch es sollte noch ein kleines Weilchen dauern:

»Famos, Herr Dr. Timm. Wir haben noch einen Auftrag für sie. Es geht um die Kunstsammlung unserer Familie.«

Als Lukas Timm gegangen war, räumte Frau Severin ab und servierte dann auf Wunsch der Herrschaften noch Cognac. Vor zwei Wochen war sie siebzig geworden, erinnerte sich Heinrich Kronsmann. Sie sah immer noch schön aus, Heinrich musterte sie anerkennend. Sie war nun seit 50 Jahren in den Diensten des Hauses, als junges Mädchen zu ihnen gekommen, irgendwas mit Spätaussiedeln oder Vertreibung. Heinrich hatte mehr als 30 der 50 Jahre ein Verhältnis mit ihr gehabt und fragte sich wieder einmal, ob das tatsächlich so unbemerkt geblieben war, wie es bis heute schien. Vielleicht hatte geholfen, dass Frau Severin und Heinrich Kronsmann stets beim ›Sie‹ geblieben waren – selbst in den allerinnigsten Momenten. Das ›Du‹ hatte sich irgendwie nicht ergeben. Frau Severins Vornamen hatte Heinrich irgendwann vergessen. An vieles andere von ihr konnte er sich aber noch gut erinnern.

»Ich denke, jetzt ist es allerhöchste Zeit, Vera zu informieren«, riss Johann seinen Bruder aus Severin'schem Sinnieren »sie weiß doch gar nichts von Thomas. Dass er lebt, dass er in Israel ist …«

»Ich denke dazu ist noch genügend Zeit«, fiel Heinrich seinem Bruder ins Wort »wir werden sie beizeiten einmal wieder zu uns einladen, zum Tee oder so, und dann können wir ihr die Sache mit Thomas in Israel beibringen, aber schonend und minimal dosiert.«

Johann wollte seit Neuestem alles klären, reinen Tisch machen. Wollte er sterben? ›Soll er doch‹ dachte sein älterer Bruder ärgerlich, aber dafür muss er doch nicht alles durcheinanderbringen.

Ars longa, vita brevis

Bei Kriegsende hatte alle Welt erst einmal andere Sorgen und Hamburg eine britische Militärverwaltung, mit der die Kronsmanns gut klar kamen. In der Firma ging es wieder bergauf, die Kunstsammlung war sicher und trocken gelagert. Ihre Bergung hätte Fragen oder Nachforschungen auslösen können; etwas, was in fragilen Verhältnissen nicht gerade das ist, wonach sich Kaufleute sehnen. Die Kunst blieb, wo sie war.

Und dann kam 1948 der ›Lastenausgleich‹. Die Deutschen mussten ihre Vermögen angeben. Wer noch viel besaß, musste heftige Abgaben für Ausgleichszahlungen leisten – zwar über viele Jahre verteilt, aber in der Summe die Hälfte dessen, was der Krieg verschont hatte. Geld, das an die ging, die im Krieg viel verloren hatten. Ausgleichszahlungen sind schön, für den, der sie bekommt; für den, der zahlen muss, weniger. Das bedeutete Gefahr für das Kronsmann-Vermögen, welches das tausendjährige Reich erstaunlich gut überstanden hatte. Wer hat, dem wird bisweilen auch genommen; dem, der weniger hat, meist weniger. So entschied sich die Familie dazu, die Kunstsammlung im Fragebogen nicht zu erwähnen. In gewissem Sinne war sie ja auch weg – in einem tiefen, fremden Keller unter Schutt und Trümmern. Später könne man dann ja immer noch sehen, was zu tun sei. Nun denn.

Das erste »später« war die Vermögensteuererklärung im Folgejahr, in der die Kunstsammlung ebenso fehlte, wie dann auch in allen späteren Steuererklärungen. Den Kronsmann-Eltern war nicht klar, dass sie damit das bereits vorhandene kontrafiskalische Element der Familientradition um eine zunehmend problematische Facette bereichert hatten. Und als die alten Kronsmanns 1956 beide starben, vererbten sie dieses Problem zusammen mit dem stattlichen Vermögen einschließlich Kunstsammlung ihren drei Söhnen und zu einem kleineren Bruchteil zwei ärmeren Nichten zweiten Grades, Chlothilde und Clara.

Die Erbschaftsteuer auf die Sammlung wäre heftig gewesen, überdies wären bei Meldung des Schatzes die Lastenausgleichszahlungen und jahrelang nicht gezahlte Vermögensteuern der Eltern mit diversen Zinsen und Strafzuschlägen fällig geworden.

Und außerdem war der Miterbe Thomas Kronsmann verschwunden. Im Mai 1945 kam er zwar zurück ins Blankeneser Elternhaus; seine Brüder hatten es schon vor ihm nach Hause geschafft. Aber kurz danach war Thomas plötzlich weg. Bald darauf stellte sich heraus, dass er als angehender Ingenieur mit allerhand Erfahrung zur Herstellung von gefechtstauglichen Feuerwaffen aus der Familienfirma einen Schwung geheime Konstruktionszeichnungen für eine leichte Maschinenpistole hatte mitgehen lassen. Im Familiensitz am Mühlenberger Weg herrschte Empörung, aber als 1949 ein absenderloser Brief von Thomas aus Israel eintraf, es ginge ihm gut und sie könnten stolz auf ihn sein, er habe einen wichtigen Beitrag zur Entwicklung der ersten israelischen Maschinenpistole durch seinen Freund Uzi Gal geleistet, entschloss sich der Hamburger Familienrat, die Sache besser auf sich beruhen zu lassen: politisch zu heikel. Später erfuhren die Hamburger Kronsmanns von einem Mitarbeiter ihrer Gewehrfabrik, dass Uzi Gal für seine Pioniertat keinen Cent bekommen hatte und Thomas damit sicher auch nicht. Es wurde mit Genugtuung aufgenommen. Der Anlass seines plötzlichen, heimlichen Verschwindens blieb mysteriös und wurde qua Dekret des Patriarchen Familientabuthema. Was Thomas ausgerechnet nach Israel trieb, konnte sich niemand erklären. Eine Hinwendung zum Judentum galt als ausgeschlossen, Thomas‹ jüdische Religiosität wurde mit Null Prozent bewertet, seine jüdische Abstammung allenfalls mit 12,5 Prozent. In Familie und Freundeskreis gab es nach Poldis Abgang auch weder Nazis, denen man qua Auswanderung nach Israel eins auswischen konnte, noch Leute des Widerstands, die von Deutschland genug hatten, und denen Thomas nachgeeifert haben könnte.

Steuerprobleme zuhauf, der Miterbe Thomas nicht auffindbar, die Erben-Nichten wussten nichts von dem Schatz – was war zu tun? Viele Fragen, wenig Ideen, ergo: Die älteren Brüder Heinrich und Johann ließen die Dinge wie und wo sie waren: Kunstschatz im Keller, keine Information ans Finanzamt, Nichten oder sonstwen.

Dann verstarben Chlothilde und Clara. Sie waren mit ihren neuen Führerscheinen und einem fabrikneuen Wolfsauto Coupé Vollgas den Mühlenberger Weg heruntergebraust und beim Versuch, ungebremst die Kurve zur Einfahrt des Familienstammsitzes zu nehmen, in den steinernen Torpfeiler gekracht. Nun erbten die drei Brüder auch deren Teil des Schatzes – die Kunst wieder ungeteilt im Eigentum des, wie die beiden Hamburger Erben meinten, »richtigen Familienstammes«. Aber schon wieder Erbschaftsteuer, wenn pflichtgemäß gemeldet würde. Heinrich und Johann hatten gehofft, dass sich das Problem aus den 1940ern und 50ern irgendwann und -wie qua Verjährung der Steuerschulden geräuschlos erledigen würde, was zum Teil auch geschah, aber eben nur zum Teil. Denn als sie nach dem neuen Trauerfall nachrechneten, wären bei Meldung der Kunstsammlung an das Finanzamt so viel noch zu zahlende Steuern zusammengekommen, dass die Diskussionen über die Bergung des Schatzes nebst Klarschiffmachen beim Fiskus denkbar kurz ausfielen.

Heinrich meinte einmal, der Kunstkeller unter dem Kaiserspeicher sei wie Dornröschens Schloss, die Dornenhecke schon lange dichtgewachsen, aber irgendwann käme schon noch der Prinz und bahne sich seinen Weg hinein, um das schöne Kind zu küssen. Dann werde alles gut. Er dachte dabei an die Rodin-Skulptur, die die Eltern wegen deren amouröser Heftigkeit weggeschlossen hatten. Doch für drei Jungs zwischen zwölf und vierzehn gab es natürlich immer Mittel und Wege, womit ihre ersten erotischen Fantasien in den 30er Jahren ein selbst für großbildungsbürgerliche Familien unüblich hohes künstlerisches Niveau hatten.

1963 drohte Dornröschens Schlaf plötzlich ein weniger liebevolles Ende. Die Ruine des alten Speichers sollte gesprengt werden; am gleichen Platz war ein neuer Hafenspeicher vorgesehen. Die Nachricht kam kurz nachdem der mit der Familienfirma geerbte Steuerberater Heinrich und Johann vorgerechnet hatte, dass die langjährig hinterzogenen Steuern für die Kunstsammlung mit Zuschlägen, Zinsen und allem Pipapo beim seinerzeit akuten Preisrutsch am Kunstmarkt deren Wert wahrscheinlich übersteigen würden, womit die Vertagung des Problems wieder klar die vernünftigste Entscheidung gewesen war.

»Es kann doch nicht angehen, dass das Finanzamt Hamburg-Elbufer das schaffen soll, was britischen Bombern und Nachkriegsstrauchdieben nicht gelungen ist?«, konstatierte Johann.

Dies war die Entscheidungsmaxime, bis plötzlich deutsche Sprengmeister das Werk der Royal Air Force vollenden sollten. Was vom alten Kaiserspeicher noch übrig war, sollte gesprengt werden; der neue Speicher am selben Ort war beschlossene Sache.

So hatte sich Heinrich den Kuss des Prinzen nicht vorgestellt. In der Not gibt es jedoch eins, das immer hilft: Beziehungen. Melchior Hintze, der älteste Sohn eines Architekten aus elbgemeindlicher Nachbarschaft, der bis zu seinem Architekturstudium am Mühlenberger Weg als Nachhilfelehrer der Kinder von Johann und Heinrich Kronsmann ein- und ausgegangen war, volontierte gerade in der väterlichen Firma, die mit dem Neubau des Kaispeichers betraut war. Da dieser Baumeister sich im Zweiten Weltkrieg bei städtischen Luftschutzbauten Verdienste erworben hatte, wurde ihm auch die Organisation der Sprengung der Reste des alten Speichers überlassen. Der nachbarschaftliche Volontär wurde von den Kronsmanns gebeten, diskret Informationen über den Stand der Dinge und was noch kommen sollte einzuholen. Sein Bericht gab Anlass zur Hoffnung. Das Kellergeschoss mit dem Schatzgewölbe war auf den Plänen für Sprengung und Neubau nicht verzeichnet. Der Plan zeigte zwei Kellergeschosse weniger als tatsächlich vorhanden waren. Offenbar gab es eine falsche Version; so etwas komme schon mal vor, der Bau stammte schließlich aus dem Jahr 1875. Die Sprengung zielte auf das, was die Engländer überirdisch übriggelassen hatten. Die Risiken für den vergessenen Keller unter den Kellern seien gering. Das reichte, um die Gemüter hinreichend zu beruhigen und in Sachen Schatzbergung wieder in den Stand-by-Modus herunterzuschalten.

Es knallte gewaltig an diesem Märztag 1963, ganz Hamburg bewunderte den fachmännischen Einsatz vieler Kilogramm feinsten Dynamits. Und am Tag danach konnte der eifrige Volontär vermelden, dass die diskret vermauerten Zugänge der Schatzkammer zwischen den neuen Trümmerhaufen im Untergeschoss nach der Sprengung gut zu sehen gewesen seien. Sie hätten die Detonation unversehrt überstanden. Inzwischen sei der Gang zur Wand, hinter der sich die Tür zum Keller befand, schon wieder fast mit Schutt und Sand verfüllt. Dort würde laut den Plänen zum Neubau so schnell nichts wieder freigelegt werden, aber mit den alten Plänen sei zu gegebener Zeit leicht ein Zugang zu schaffen. Erleichterung am Mühlenberger Weg, weiter kein akuter Anlass, den Schatz zu heben oder Finanzbeamte mit dieser unschönen Geschichte zu stören. Der Volontär ehelichte vier Jahre später Johanns älteste Tochter, kam mit einigen schönen Bauten der Freien und Hansestadt zu Ansehen, wurde Vater von vier Kindern, darunter ein Sohn Michael, der die hanseatisch-architektonische Familientradition fortsetzte.

Als 1997 die Vermögensteuer mittels einer Sprengung durch das Bundesverfassungsgericht beseitigt wurde, wäre es ein paar Jahre später möglich gewesen, die Schätze ohne größere Überweisungen an staatliche Kassen oder strafrechtliche Risiken – und bei guter Planung sicher auch ohne großes Aufsehen – zu bergen. Lastenausgleich und Erbschaftsteuerschulden nach den Todesfällen von Eltern und Nichten waren inzwischen verjährt, ebenso peu à peu der Großteil der Vermögensteuer der Vorjahre. Aber man hatte sich an den Zustand gewöhnt; bei Wiederinbesitznahme des Schatzes hätte man auch mit Thomas reden müssen (ihm gehörte ja ein Drittel), denn so wollte es das Familientestament, doch Thomas war immer noch unbekannt verzogen. Freunde berichteten, ihn zweimal in Zürich getroffen zu haben. Aber so oder so, er wollte mit der Familie nichts zu tun haben. Abgesehen von diesen Schwierigkeiten war das Ganze immer noch und sowieso lästig und peinlich. Wie das halt so ist – es blieb alles, wie es war.

Bis 2004 eine überraschende zweite Renaissance des alten Hafenspeichers anstand.

Es wurde mit der Planung des Jahrhundertbaus der Elbphilharmonie begonnen, die auf den neuen Speicher mit der Kunstsammlung im Keller unter den Kellern gesetzt werden sollte. Die Tage des Dornröschenschlafs der Familienkunst waren gezählt.

5. Teil

Die Götter waren zufrieden. Alles lief wie geplant, der übliche Unfug. Und nun wollten einige der Kinder, die sie gerade besonders in ihr Herz geschlossen hatten, auch noch zu Besuch kommen. Zeit für ein paar Versuchungen, Prüfungen und ähnliche Amüsements. Vielleicht auch ein kleines Wunder? O.k., ein kleines: Die Flüge kommen pünktlich an.

Die Reise nach Jerusalem

»Im Camp David haben sie sich erst mal ein paar Tage gezankt oder zwischendurch gar nicht miteinander geredet, aber die Amerikaner machten unverdrossen immer neue Vorschläge. Irgendwann meinte Sadat, er könne nicht immer nein sagen oder schweigen, er müsse einmal positiv reagieren. Kein Wunder, wenn man immer wieder von Jimmy Carter angestrahlt wird; das hielt niemand lange aus.«

Axel kam richtig in Fahrt. Er hatte alles Mögliche über Israel gelesen und recherchiert, wollte sich als informierter Reise-Scout nützlich machen.

»Dann kam ein neuer amerikanischer Vorschlag für das Friedensabkommen mit Israel und Sadat war fest davon überzeugt, Begin würde dem nie und nimmer zustimmen. Deshalb erklärte der ägyptische Präsident, er sei einverstanden. Zu seiner größten Verwunderung stimmte Begin dann aber doch zu. Et voilá, es gab plötzlich einen ägyptisch-israelischen Friedensvertrag und einige Wochen später den Friedensnobelpreis für Begin und Sadat. Genutzt hat es aber nicht viel, wie wir heute wissen. So geht das eben manchmal, erinnert mich an einige Auseinandersetzungen mit meiner Frau. Da ging der Schlamassel nach dem Friedensvertrag meist auch genauso weiter wie vorher.«

Wir saßen im Taxi zum Hamburger Flughafen; der Hamburger Stadtregen tat, wofür er so berühmt ist. Der neue Auftrag der beiden Hamburger Kronsmann-Brüder: Den jüngsten Bruder Thomas in Israel aufsuchen und seine Zustimmung zur Bergung der familiären Kunstsammlung aus einem alten Keller, der sich unter dem bald fertiggestellten Bau der Elbphilharmonie befand, einzuholen. »Laut Familientestament müssen alle Verfügungen über das Erbe von allen Erben gemeinsam getroffen werden«, war Johanns klare Ansage, sein Bruder hatte dabei etwas gequält ausgesehen. Alle Erben, das waren inzwischen die drei Kronsmann-Brüder, und so schickten mich Heinrich und Johann als ihren Anwalt zu einem Treffen mit Thomas nach Jerusalem. Wo Thomas in Israel lebte, wusste die Familie nicht. Meine Verabredung mit ihm war über eine erst seit Kurzem bekannte E-Mail-Adresse arrangiert worden. Mehr lief nicht zwischen den Geschwistern. Alles andere als ein normaler Anwaltsjob, aber warum nicht? Der Kunde ist König, das Honorar stimmte in jeder Hinsicht, es gab unbequemere Knechtschaften.

Axel deckte sich mit Zeitungen ein, Rolling Stone, Economist, Playboy, Classic Cars, Kicker. »Die ›Welt‹ ist nicht genug, ich brauche auch die ›Welt am Sonntag‹ von gestern«, erläuterte er der Verkäuferin, »und natürlich die Lübecker Nachrichten. Ich bin gerade dabei, meine Liebe zu Hansestädten zu entdecken.« Als alter Presse-Mann konnte er nicht ohne viel bedrucktes Papier reisen. Next Stop der Marzipan-Stand im Duty Free, große Tüte für Axel.

Ich dachte, die Dame hätte bei Kontrolle meiner Bordkarte »freaking traveller« gesagt und guckte entsprechend erstaunt, so dass sie wiederholte, ich sei ein »frequent traveller«; irgendein Geheimcode auf dem Papier hatte ihr mehr über mich verraten, als ich selbst wusste.

Umsteigen – der kürzeste Weg von Terminal A nach Terminal B auf dem Brüsseler Flughafen ist ein langer – doch wir schafften es noch rechtzeitig.

Das belgische Meatball-Sandwich (EUR 4,00) vom Bezahlmenü im Flugzeug sah auf der Karte ansprechend klopsig aus; Leute ohne übertriebene Junkfood-Unverträglichkeit könnten es durchaus eines Bissens würdigen. Steinofen, prämiert als »produit de terroir« (ein verwechslungsanfälliger Ausdruck, der aber richtigerweise als »Regionalprodukt« zu verstehen ist). »Brussels Airlines glaubt, ihre Passagiere verdienen in der Luft dieselbe Qualität wie am Boden«, las ich auf der Menükarte – Anlass zur Furcht oder zur Hoffnung? Doch dann kam überraschenderweise noch ein Gratis-Lunch für freaking travellers und nachdem die Alufolie abgefummelt war, verflog mein Interesse an der Frage, was Brussels Airlines wohl servieren mochte, wenn die Passagiere am Boden waren.

»Friss oder stirb«, meinte Axel und biss in irgendetwas.

»Es geht um einige Dinge, die im Zweiten Weltkrieg ihren Anfang genommen haben. Es waren schwierige Zeiten, auch für uns«, hatte Johann seine Ausführungen zu Kronsmann'schen Familienangelegenheiten seit den 1930er Jahren und diversen Steuerproblemen der Nachkriegszeit begonnen, die ich hören sollte, um den neuen Auftrag der beiden Brüder zu verstehen.

»Auch diese Sache ist – wie soll ich sagen? – speziell«.

Johann Kronsmann hatte mir einen alten Plan hingelegt, der drei Untergeschosse des Kaispeichers zeigte, und auf dem der selige Cousin Leopold einen Keller und den Gang, der zu dessen Eingang führte, markiert hatte. Dorthin habe

Thomas mit ein paar Helfern den Kunstschatz der Familie geschafft. Ich bekam auch eine Liste und ein paar alte Schwarzweiß-Fotos von Gemälden und Skulpturen, die ich nun Axel auf sein Flugzeugklapptischlein schob. »Das sind nicht alle Werke«, hatte Heinrich gesagt, »vieles ist nicht fotografiert, aber schauen Sie sich einmal diese Skulptur von Rodin an. Wir Jungs haben sie sehr verehrt.«

Axel hörte meinem Briefing zum neuen Kronsmann-Einsatz aufmerksam zu und schaute sich die Fotos der Kunstwerke aufmerksam an. Beim Bild der Rodin-Skulptur blieb er hängen.

»So, so«, unterbrach er mich, »wir hatten keine Skulpturen; nur spezielle Zeitungen mit Ausklappfotos, aber das ging auch.«

Er gab mir die Bilder zurück.

»Meinst Du, die belgische Luftwaffe ist mit zwei Gin-Tonics für zwei ehrenwerte Herren auf geheimer Mission im Dienste der Kunst überfordert?«

War sie nicht, wie sich kurze Zeit später herausstellte.

»Und jetzt düsen wir also durch die Wolken, um für Deine Mandanten die Re-Hanseatisierung ihrer Beutekunst zu organisieren? Und das ausgerechnet Richtung Jerusalem.«

»Natürlich ist es keine Beutekunst«, hatten mir Heinrich und Johann auf mein Nachfragen versichert. Und sie meinten auch, die Sache mit der Kunst im Keller am Hafen könnte nichts mit Thomas' Auswanderung nach Israel zu tun haben. Die gestohlenen Pläne für die neuartigen Gewehre und seine Erfahrungen bei der Herstellung solcher Waffen schon eher; sie dürften ihm sogar sehr geholfen haben, 1948 als deutscher Nichtjude in Israel klarzukommen. Doch wieso er da hingegangen war, wusste der Rest der Familie angeblich nicht, oder man wollte nicht darüber sprechen. Jedenfalls hatte er danach und bis heute Familienkontakte vermieden und abgeblockt. Nicht einmal zu den Trauerfeiern beim Tod seiner Eltern war er gekommen.

»Wir waren ziemlich geschockt, als wir dann von den Plänen für die Elbphilharmonie hörten und wie es dort alles losging«, hatte mir Johann weiter berichtet. »Der ganze Speicher belagert von städtischen Planungsstäben, Ingenieuren und Architekten, überall wurde untersucht, gemessen, gegraben«.

Und nun wurde auch gebohrt – auf dem gesamten Gelände, im Kaispeicher, ganz tief. Auf die sechs Geschosse des Speichers sollten zwanzig weitere Etagen gesetzt werden, in den Untergeschossen mehr als 500 Parkplätze entstehen, das erforderte statische Analysen der Unterwelt des Objekts ohne Gnade. Schnell war am Mühlenberger Weg die Erkenntnis gereift, dass es schwierig werden würde, ohne öffentliche Anteilnahme zu dem Kellergeschoss zu gelangen.

Ein Plan musste her. Zuerst brauchte man Informationen, und so entschieden Heinrich und Johann, sich als Mäzene mit strammen Spendierhosen in der Stiftung Elbphilharmonie zu engagieren. Derart strategisch positioniert, war es für Mitglieder einer altehrwürdigen Hamburger Familie mit respektablen Sponsorzusagen ein Leichtes, mit den richtigen Leuten in den richtigen Gremien die richtigen Treffen zu arrangieren und herauszubekommen, wie das Jahrhundertprojekt geplant war, über- und vor allem unterirdisch ausgeführt wurde und voranging. Mit ein paar Getreuen überlegten sie, die Schätze in einer ruhigen Nacht herauszuholen. Weil aber im unteren Bereich des Speichers jahrelang mit viel Aufwand gebaut und herumgewerkelt wurde, war eine Bergung des Schatzes ohne Aufsehen lange nicht möglich. Es gab verschiedene Anläufe, doch ständig änderten sich Abläufe im elbphilharmonischen Planungschaos, und die Rettung des Schatzes musste immer wieder aufgeschoben werden.

Aber nun war, was die unteren Stockwerke des Bauwerks betraf, Ruhe im Schiff und daher sollte endlich zur Tat geschritten werden. So war es nun auch höchste Zeit, den dritten Bruder Thomas einzuweihen, um seine testamentarisch erforderliche Einwilligung zu der Aktion einzuholen. Alle wesentlichen Maßnahmen betreffend des Kronsmann-Erbes konnten nur mit Zustimmung aller drei Brüder getroffen werden, so stand es im Letzten Willen des Patriarchen und seiner Frau. Vielleicht hatten es Heinrich und Johann damit nach dem Tod der Eltern anfangs nicht immer so genau genommen, zumal Thomas ja nicht greifbar war. Aber in ihrem jetzigen Alter spielten letzte Willen und letzte Dinge eine zunehmend größere Rolle, meinte Johann. Ihm sei es gerade bei der familiären Kunstsammlung wichtig, den Wunsch der seligen Eltern zu respektieren. Es konnte ja auch gut sein, dass sie sie bald in jenseitigen Gefilden wiedertreffen würden, und die unbequem strengen Vorhaltungen des Vaters seien Heinrich und Johann noch gut in Erinnerung. Heinrich sagte nichts dazu.

Ich war erneut auserkoren, einen fachanwaltlichen Beitrag zum Familienwohl zu leisten. Diesmal ging es nach Jerusalem, wo ich mit dem unbekannten jüngeren Bruder verabredet war. Mein Honorar war wieder großzügig bemessen (ich hatte geistesgegenwärtig um 20 Prozent erhöht), mein »ohne meinen Assistenten, der Diverses organisieren muss« – was auch immer – »geht es nicht« samt dafür nunmehr üblichem Zuschlag von 5.000 EURO waren akzeptiert.

»Das würden wir sogar außerordentlich schätzen, Herr Dr. Timm, und grüßen Sie bitte Herrn Strahlson von uns, wir müssen ihren tüchtigen Assistenten unbedingt bei nächster Gelegenheit einmal kennenlernen«.

So musste ich nicht ganz allein in den Nahen Osten düsen, und so war das kampferprobte Axel-Lukas-Gespann wieder im Einsatz.

»Großartig!«, meinte Axel. »Geschichtliche Geschichten mit abenteuerlichen Abenteuern und menschlichen Menschen, verstrickt in Lügen, Verrat und Steuerhinterziehung, Menschen wie du und ich. Und jetzt wir zwei binnen einer Woche zum zweiten Mal unterwegs auf wohl dotierter Mission! Cheers!«

Wir stießen mit den letzten Schlucken unserer Drinks an.

»Ich weiß, es ist natürlich in erster Linie dein Auftrag, mein lieber Lukas, aber ohne den Deputy an deiner Seite geht ja kaum etwas. Was hältst Du davon, wenn wir uns das ›A-Team‹ nennen? ›L-Team‹ ginge natürlich auch.«

Ich versuchte mir vorzustellen, was meine Partner in der Anwaltskanzlei von dieser Idee halten würden.

Noch etwa eine halbe Stunde bis Tel Aviv, ließ uns ein Bordlautsprecher wissen. Bei meiner Reisewebsite hatte ich zunächst mehrfach vergeblich versucht, einen Flug nach Jerusalem zu buchen. Keine Chance, bis ich irgendwann begriff, man fliegt nach Tel Aviv und dann geht es mit Bus, Taxi oder Mietwagen in einer knappen Stunde bis zur Heiligen Stadt. Israel ist eigentlich klein, aber nach allem, was ich über das Land bei einer schnellen Reisevorbereitung gelesen hatte, kam es mir auch groß vor und alt und auch neu. Alles etwas verwirrend, in hohem Maße geschichts-, religions- und politikgeladen. Israel treibt Jahr ein Jahr aus viele Menschen aus unterschiedlichsten Gründen an den Rand des Wahnsinns und manche auch darüber hinaus.

Ein Freund hatte mir vom Jerusalem-Syndrom erzählt. Jährlich etwa hundert Einheimische und Besucher der Stadt verfallen in einen Wahn und glauben plötzlich, sie seien Jesus, einer der Apostel oder auch eine prominente alttestamentarische Figur. Und wenn es mich erwischte? Wer wäre ich? Jesus? Konnte ich mir nicht vorstellen, vielleicht einer der Jünger. Mir fielen nicht viele Namen ein, ich glaube es sind auch nicht alle bekannt. Mit meiner Bibelfestigkeit war es nicht weit her. Petrus schien mir zu päpstlich, Paulus kam irgendwie später und war Johannes nicht der Täufer? Ich blieb bei Judas hängen, fand die Idee aber schräg, als Axel mein Sinnieren beendete:

»Vielleicht sollten wir auf Eseln in die Stadt reiten.«

Der Lautsprecher verkündete, der Landeanflug habe begonnen.

Fünf Freunde auf geheimnisvollen Spuren

»Ach ja,«, meinte Axel, als wir in der Schlange vor der Passkontrolle standen. »Genoveva ist hier und will uns in Jerusalem Gesellschaft leisten. So ganz allein war es ihr in Sanary langweilig geworden. Und Conrad ist auch hier.«

Irgendwie schienen sich seit ein paar Tagen einige Dinge auf sonderbaren Kreisbahnen zu bewegen, aber mir war es recht. Auf Reisen passiert Unvorhergesehenes, gut so. Ich freute mich über das Genovevastrahlen bei der Begrüßung und über das Wiedersehen mit unserem alten Freund Conrad – der zierliche Wirtschaftsprüfer mit dem verwirrten Liebesleben.

Da stand er am Durchgang zur Ben-Gurion-Ankunftshalle, noch immer schüchtern mit etwas ängstlichem Blick, nun aber braungebrannt, die Haare deutlich grauer als als bei unserem letzten Treffen. Er hatte seinen Arm über die Schultern eines gutaussehenden, kleinen Mannes von etwa 30 Jahren mit dunklen Haaren gelegt – sein neuer Lover Shlomo aus Tel Aviv.

Axel und ich hatten Conrad zuletzt vor drei Jahren bei der Aktion am Gardasee getroffen, wo er in unserem Team an einer feindlichen Übernahme des Wolfsauto-Konzerns mitgearbeitet hatte. Wir hatten die Schlacht verloren, aber uns blieb die Frontkameradschaft. Conrad musste erzählen, wie es ihm seither ergangen war, wozu er erst nach einigem »ach nein«, »nichts Besonderes«, »erst ihr« schließlich bereit war. Gegen Ende unserer letzten Mission waren ihm zu seiner Überraschung heterosexuelle Aufwallungen widerfahren, die ihn so erschreckt hatten, dass er – kaum zu Hause – seinen heimischen Dauerlover geheiratet hatte. Unser Wirtschaftsprüfer Conrad nun in einer eingetragenen Lebenspartnerschaft mit einem hauptberuflichen Gewerkschaftler. In der Beziehung war aber wohl schon vorher der Wurm und deren amtliche Eintragung half dagegen auch nicht viel. Der friedliche Conrad machte brav alles mit, neigte nicht zu Widerworten, aber als er von gewissen überobligatorischen Solidaritätsbekundungen seines Lebenspartners mit einem SPD-Abgeordneten erfuhr, und sein Liebster auch noch darauf bestand, Conrad müsste mit zu Verdi-Demos kommen und dabei eine rote Weste und eine Gewerkschaftsfahne tragen, war es genug. Conrad hatte beschlossen, die Sache zu beenden, war still und heimlich aus der Lebenspartnerschaftswohnung ausgezogen, fühlte sich einsam und hatte Axel angerufen.

Axels Sanary-Angebot klang schon nicht schlecht. Als Conrad dann erfuhr, es ginge zunächst nach Jerusalem, entschied er sich spontan für zwei Tage Strandurlaub in Tel Aviv, um dann zusammen mit uns in die Heilige Stadt zu reisen. In Tel Aviv bescherte ihm ein gütiger Gott den liebenswürdigen Shlomo, der stets lächelte, jedoch ausschließlich perfekt hebräisch und ein paar Brocken französisch sprach und verstand, was der jungen Liebe aber sichtbar keinen Abbruch tat. Axel arrangierte unser Treffen am Flughafen Ben Gurion, wo die zwei schon ein Weilchen von Genoveva angestrahlt worden waren, und nun waren wir zu fünft. Fünf Leute und fünf Rollkoffer zogen in Richtung Mietwagenstation.

»Allons enfants de la patrie, le jour de gloire est arrivé!«, fing Axel auf dem Weg zum Mietwagenschalter leise an zu singen, und ein erfreuter Shlomo assistierte prompt mit »Marchons! Marchons!«

Axel hatte unseren großen, schwarzen Miet-Ford »Bluesmobil« getauft. An allen Ecken und Kanten herbe Schrammen, drei verschiedenen Felgentypen an vier Reifen, mahlende Geräusche vom Radlager rechts hinten; aber ein durchzugsstarker Motor, der auf den wenigen freien Strecken der Autobahn nach Jerusalem dem Fahrer Freude machte.

»Können auch Schwule einen Ehevertrag machen?«, fragte Axel beim Beschleunigen nach einer Kurve.

»Ich denke schon«, sagte ich.

Von Familienrecht verstehe ich kaum etwas, aber schließlich war die rechtliche Gleichstellung der gleichgeschlechtlichen Ehe in den vergangenen Jahren mit gehörigem Brimborium Schritt für Schritt vorangetrieben worden, die Vollendung stand kurz bevor. Irgendwer diskutierte sogar die Möglichkeit von Vielehen, was ich nur begrüßen konnte – ein El Dorado für Rechtsanwälte.

»Ich habe zwar keinen Ehevertrag, aber heute wüsste ich, was man da so alles regeln sollte. Wer den Müll rausbringt, Wohlverhalten bei Besuchen der Schwiegereltern – solche Sachen«, meinte unser Chauffeur Axel – schon wieder eine Stauwarnung – »wichtig wären natürlich auch die Sanktionen bei Vertragsbruch«. Der Wagen stand.

Es wurde allmählich dämmerig, wir waren später dran als erwartet. In der Zeit, die es braucht, um beim Flughafen

Tel Aviv seinen reservierten Mietwagen zu übernehmen, schreibt ein geübter Apostel ein ganzes Evangelium. Axel tappte einen ausgedachten Rhythmus auf das Lenkrad und summte den Blues-Brothers-Song »She caught the Katy«, er schaute aus dem Fenster, »and left me a mule to ride.« Zwei Beduinen mit Kamelen zockelten in einiger Entfernung vorbei. Er dachte einen Augenblick nach.

»Ich weiß zwar nicht, ob der Islam auch zu Israel gehört, aber angeblich gehört er jetzt ja zu Deutschland und da sollte auch bei unseren Eheverträgen ein gelegentlicher Blick in die Scharia kein Tabu mehr sein. Wie wär's mit einem Stockhieb für die nicht zugedrehte Zahnpastatube?«

»Und auch fürs Länderspielgucken und der Gattin nicht verraten, dass im anderen Programm gerade ›Sex and the City‹ und danach ›Gilmore Girls‹ laufen«, fiel eine diesbezüglich offenbar erfahrene Genoveva ein, »und zwar ein Hieb pro Halbzeit«.

Damen sind beim Thema Eheverträge generell eher unerfreut; der Terminus ›Ausschluss des Zugewinnausgleichs‹ kommt in ihren Körperzonen nördlich der Ohrringe meist nicht so gut an. Aber Genoveva war über dieses Thema lange hinweg. Die Stimmung konnte also weiter steigen.

Axel übernahm. »Aber es sollte auch Belohnungen geben, für besonderes Wohlverhalten! Boni, wie bei Bankern. Zum Beispiel für Mundhalten auf Elternabenden!«

Nun war der Anwalt gefragt. »Spätestens seit ›Fifty Shades of Grey‹ ist der Unterschied zwischen Bestrafung und Belohnung fließend. Deshalb hat der Gesetzgeber ja auch das Hinzuziehen eines Notars beim Abschluss von Eheverträgen vorgeschrieben. Wendet euch an einen Fachmann, der wird es schon richten«.

»Hat der Notar auch einen Stock?«

Der Stau hatte sich aufgelöst, es konnte weitergehen auf unserer letzten Etappe der Reise nach Jerusalem mit eherechtlichen Diskursen im klimatisierten Bluesmobil. Auch bei Conrad stand die Scheidung an, womit wir beim Zugewinnausgleich landeten. Nach christinaseitigem Rauswurf und ausgeschlafenem Rausch hatte Axel einen hochspezialisierten Scheidungsanwalt aufgesucht und ließ uns jetzt an seinem teuer erkauften Wissen teilhaben:

»Es handelt sich um ein uraltes Rechtsprinzip. Am Ende der Ehe wird geteilt, was von der Beute noch da ist.«

Es folgte ein Bericht aus der Steinzeit. Der Mann steht morgens auf, wirft sich ein Fell über, Keule auf die linke Schulter, rechts den Holzspeer, auf zur Jagd. Mammut erspähen, scheuchen und mit dem Speer pieksen, bis es über die Felskante fällt. Mammut tot.

»Dann greift der Mann zu seinem Steinhandy und hackt mit dem Faustkeil die Nummer seiner Frau in die Tastatur. Damals gab es noch keinen Rufnummernspeicher, müsst ihr wissen. Er sagt ›Huh, Frau, komm, Mammut holen, schlachten, braten‹. Eine schöne, schnörkellose Sprache von schlichter Eleganz. Literaturkritiker wurden erst in der Bronzezeit erfunden. Das änderte alles, davor ging es noch ohne Schwulst.«

Frau kommt, beide zerren Mammut Klippe hoch, Frau zerrt es in Höhle, Mann besucht neue Nachbarn, um sich bei Plausch auszuruhen und mit aller ihm eigenen Bescheidenheit seinen Jagderfolg zu vermelden. Frau zerteilt Mammut. Linkes Hinterbein für den Höhlenvermieter, hinten rechts für die Rentenversicherung, Bauchspeck als Rate für den Carport und so weiter. Das Finanzamt wurde nicht bedacht, der Mann war Freelancer und nahm es damit nicht so genau. Zum Schluss blieben ein Stoßzahn, ein großes Stück Fell und der Rüssel. Letzterer kam in die Pfanne, Mann hatte das junge Ehepaar aus der Nachbarhöhle zum Essen eingeladen, Frau dachte ›dieser aufgeblasene Schwätzer und diese blöde, blonde Kuh‹, doch sie trug es mit Fassung. Es wurde trotzdem ein netter Abend. Am Ende sangen alle noch ›No woman, no cry‹ und ›Hit the Road, Jack‹. Fell und Stoßzahn wanderten ›für später und schlechte Zeiten‹ auf ein kleines, erhöhtes Felsplateau im hinteren Bereich der Höhle, das sie ›hohe Kante‹ nannten und wo schon allerhand Pelz und Gehörn lagerten.

»Und bei der Scheidung wird alles, was sie auf die hohe Kante gelegt haben, fifty-fifty geteilt, ganz egal, wer was gejagt, erlegt oder geschlachtet hat«.

Das Horn vom Wollnashorn lag nicht mehr dort. Mann hatte es heimlich beiseitegeschafft und zu einem Pulver zwecks Stärkung für heimliche Besuche beim Scheidungsgrund in der Nachbarhöhle zermörsert.

»Im Zugewinnausgleich am Schluss der Ehe irrelevant; geteilt wird, was übrig ist«, referierte Axel weiter.

Kein Problem bei anerkannten Zahlungsmitteln wie Kauri-Muscheln oder Backenzähnen getöteter Feinde. Schwierig bei Sachwerten. Wer kriegt was? Sind die fast rund gebogenen Stoßzähne wertvoller oder die nur leicht schrägen? Oder geht es nach der Farbe? Nach dem Gewicht?

»Bei Fellen ist das eine ganz haarige Angelegenheit«, kalauerte sich Axel zum Ende seiner Geschichte, »und deshalb rate ich euch: In der Ehe alles auf den Kopf hauen, Karibik-Kreuzfahrten der Luxusklasse, italienische Sportwagen mit kurzem Verfallsdatum, riskante Pferdewetten. Wenn am Ende nichts zum Teilen übrig ist, spart ihr euch jede Menge Scherereien. Null geteilt durch zwei ergibt Null«.

Axel sprach freudig, anscheinend dachte er an einen Null-Zugewinn seiner Ehe, Genoveva amüsierte sich. Ich hatte unseren zweiten Scheidungsanwärter Conrad beobachtet. Er war noch stiller geworden und wirkte sorgenvoll.

Das Parkhaus unseres Vertrauens befand sich in einem Gewölbe unter der höher gelegenen westlichen Stadtmauer nahe dem Jaffa-Tor, wenig Licht. Als Axel vorwärts in die Parkbucht einbog, gab es unschöne Geräusche vorn rechts. Die Streben eines kaputten Absperrgitters hatten sich entschlossen, dem Bluesmobil sechs kleine, runde Beulen zu verpassen – »Patina«, meinte Axel, als er den Schaden begutachtete.

Wir klapperten mit unseren Koffern durch ein paar enge alte Gassen, stufauf und stufab, bis zum Lutherischen Gästehaus in der Altstadt, unsere Bleibe für zwei Nächte. Das Verhältnis zwischen Rollkoffern und den Stufen der engen Gassen einer dreitausend Jahre alten Stadt ist nicht ganz spannungsfrei, doch der Weg in die Herberge war nicht weit und das Ein-, Durch-, Aus- und wieder Einchecken waren vorerst zu Ende. Genoveva, Axel und ich hatten propere kleine Pilgerzimmer, Conrad und Shlomo ein Doppelpilgerzimmer, das sie den Abend nicht mehr verlassen wollten. Genoveva hatte lächelnd gefragt, ob sie ihnen nicht Gesellschaft leisten sollte. Shlomo hatte (wie immer nichts verstehend) zurücklächelnd genickt, aber Conrad hatte Genoveva nur streng angeguckt. Und so saßen Genoveva, Axel und ich nun sonnenuntergänglich im kleinen Garten des Lutherischen Gästehauses, bewunderten über die Dächer von Alt-Jerusalem Tempelberg und goldene Kuppel des Felsendoms. Axel hatte bedauernd feststellen müssen, dass Pilger hier offenbar keinen Campari tranken – jedenfalls war es in der Gartenbar der Lutheraner nicht vorgesehen – aber eine Flasche kühlen, weißen Weines »Stern von Bethlehem« tat es ja auch. Danach war es Zeit für ein nettes Dinner.

Doch wenn ein Ort wie die Altstadt Jerusalems ständig damit beschäftigt ist, in Sachen Geschichte, Religion und Nahost-Konflikt seine Pole-Position zu verteidigen, ist es wenig erstaunlich, wenn es in Sachen Kulinarik nicht recht gelingen will, das untere Mittelfeld zu verlassen. Hungrig ins Bett musste indes niemand – armenisches Essen – es gibt für alles ein erstes Mal. Den Unterschied zu libanesisch konnte ich nicht feststellen, aber vielleicht ist das ja gerade der besondere Clou.

»I want to wake up in a city, that never sleeps", ging mir Frankieboy durch den Kopf, als mich gegen vier Uhr früh das laute Rufen der Muezzine aus dem Schlaf riss. Aufwachen wollen ist anders, doch Jerusalem ist das Manhattan der Religionen. Kaum waren die Muezzine fertig, läuteten irgendwo Kirchenglocken. Nur für die hiesigen Juden scheinen göttlicherseits keine täglichen nächtlichen Ruhestörungen vorgesehen, was ihnen aber nichts nützt, denn dafür sorgen ja die anderen. Als die Kirchenglocken fertig waren, bellte schließlich ein Hund. Ich hatte keinen Hund in der Stadt gesehen, nur viele Katzen. Vielleicht hatten sie die Hunde aus der Stadt vertrieben, die sich dann vor der Stadtmauer gesammelt hatten, um ihre Heiligen Stätten von den Katzen zurückzuerobern. Der Angriff war offenbar gescheitert, nur einer hat es geschafft und bellte jetzt wie verrückt.

Man hatte mich jedoch bereits vor dem nächtlichen Religionskrach gewarnt; ich wusste, nach einer guten halben Stunde würde alles vorbei sein, der Hund schien dies auch zu wissen, und so gelangen mir noch ein paar Stunden Schlaf, doch beim Aufwachen fühlte ich mich merkwürdig religiös angekratzt. Am Morgen ein paar Schritte durch das hübsche, alte Hospizgebäude in den Garten – Tempelberg, goldene Kuppel, Kirchtürme und Dächer Alt-Jerusalems nun in der Morgensonne. Im hellen Frühstücksraum gut zwei Dutzend Pilger und wir drei. Genoveva hatte hinter der Zimmertür von Shlomo und Conrad ein paar Geräusche vernommen, die den Schluss nahelegten, sie würden das Frühstück wohl ausfallen lassen. Ich hatte meine Verabredung mit Thomas Kronsmann. Meine Entourage war dabei nicht vorgesehen, und so entschlossen sich Genoveva und Axel zu einer GPS-gesteuerten Altstadterkundung.

Ölbergauf und ölbergab

An der Rezeption hatte ich die Nachricht vorgefunden, Herr Kronsmann erwarte mich im Auguste-Viktoria-Café bei der Himmelfahrtkirche auf dem Ölberg. Es war noch früh, und ich beschloss, quer durch die Altstadt zu wandern, um auf der anderen Seite entweder per pedes den Berg hoch zu laufen oder ein Taxi zu nehmen, falls die Zeit knapp werden würde. Und so stapfte ich durch die enge Gasse, in der das Gästehaus lag, wieder steinerne Stufen rauf und runter und bog in die King David Street ab, wo gerade die kleinen Läden öffneten, und sich der gut fünf Meter breite Weg zwischen den Gebäuden auf beiden Seiten mit Händlern, Kunden, Pilgern, Touristen und Bettlern füllte. Ab und an kämpfte sich ein hoch beladenes, nervös knatterndes Transportgefährt durch die Menge, hier und da Soldaten in Uniform oder lässige Security-Menschen in T-Shirts und Shorts, alle mit Maschinenpistolen. Gelegentlicher Blick auf den Stadtplan, Abbiegung gefunden, fifty shades of Via Dolorosa, alles ähnlich wie bei King David, nur mehr religiöser Schnickschnack in den Läden. Dann hieß die Straße Drech Sha'ar HaArayot, und plötzlich war ich durch die Stadtmauer, schaute auf einen kleinen Berg, darüber die Sonne, also im Osten der Altstadt, ergo Ölberg.

Ich hatte mich nicht verlaufen, aber der Weg hatte länger gedauert als gedacht und so freute ich mich über einen

Taxifahrer, der mir zuwinkte und uns dann geschickt zwischen sich verkeilenden Pilgerbussen den Berg hinauf manövrierte. Oben angekommen nach links, und einen guten Kilometer weiter wurde ich am Eingang zum Garten der Himmelfahrtkirche abgesetzt. Bei der Kirche ein Hospiz nebst Krankenhaus, Pfleger wiesen den Weg zum Auguste-Viktoria-Café, ein kleiner Kasten am Ende des Gartens, Kuchenduft, Möbel einfach bis plünnig, Kühlschrank mit Aufklebebildern deutscher Fußballgrößen, ein freundliches, deutsches ›Guten Tag‹ einer jungen Frau, und im Garten hinter dem Bau saß ein einzelner Gast, alter Herr, weißer Anzug, hellblaues Hemd, weißer Hut, Sonnenbrille, freundlich lächelnd – Ivo Kesselmeyer!

»Herr Dr. Timm, es freut mich, Sie an diesem schönen Ort in dieser schönen Stadt wiederzusehen.«

Was (»Was zum Teufel« hätte ich gern gedacht, aber das war hier unpassend) machte der Schweizer Ex-Bankier Kesselmeyer hier?

»Nehmen Sie doch bitte Platz, probieren Sie unbedingt den Marmorkuchen, norddeutsches Rezept, gerade frisch gebacken, er ist noch warm. Nicht staunen, ich bin Thomas Kronsmann und natürlich schulde ich Ihnen einige Erklärungen, aber lassen Sie uns doch mit Kaffee und Kuchen beginnen. Das ist immer ein guter Anfang für lange Geschichten.«

Nach nunmehr zwanzig Stunden Israel hatte ich begonnen, Überraschungen normal zu finden, begrüßte den jüngsten Kronsmann-Bruder mit freundlichem Händeschütteln, musste über meine Reise berichten, sagen, wie ich Jerusalem fände – »überraschend« – und den Kuchen loben. Dann, »bevor wir mal wieder zum Geschäftlichen kommen«, berichtete Thomas Kronsmann von seinem Leben in Israel und der Schweiz.

Nach Ende des Zweiten Weltkrieges hatte er genug von Deutschland und seiner Sippe, wobei er nähere Erklärungen zu Letzterem ausließ. Es gelang ihm, Kontakt zu seinem früheren besten Schulfreund aufzunehmen, der mit seiner jüdischen Familie 1936 Deutschland noch rechtzeitig Richtung Palästina verlassen hatte, nun in einem Kibbuz im Norden des Landes lebte und Thomas Kronsmann den Weg für die Übersiedlung ebnete. Dort angekommen, fing er an, sich nützlich zu machen, gute Kenntnisse der Feinmechanik, kaufmännischer Tricks und Gepflogenheiten halfen. In Sachen Herkunft wurde etwas nachlackiert; seine Frau Mutter wurde auf dem Papier schnell ein ehrwürdiges Mitglied des Volkes Israel. Mit Gottesfurcht war es bei Thomas zwar nicht so weit her, aber das spielte in der Aufbruchstimmung der basisdemokratischen Kibbuz-Kollektive keine große Rolle. Wichtiger war, dass Thomas bei der Entwicklung der ersten israelischen Maschinenpistole unverzichtbare Dienste leistete.

Im Kibbuz traf Thomas die schöne Theresa, eine Schweizer Bankierstochter, die »aus ähnlichen Gründen« (welche auch immer; was Thomas Kronsmann nach Israel getrieben hatte, verriet er ja nicht) wie er Familie und Heimat verlassen hatte. Große Liebe, bald kleine Kinder, Vera, Chuck und Dave. In den fünfziger Jahren suchten Theresa und Thomas für ihre junge Familie mehr Sicherheit und da war der Schoß der alten Schweizer Bankierssippe doch wieder verlockend genug, um alte Vorwürfe alte Vorwürfe sein zu lassen.

»Schwiegervater war Mitinhaber der Caisse Sully, und ich fing in der Vermögensverwaltung für deutsche Kunden an, weil man annahm, ich wüsste, wie vermögende Deutsche gern ihr Geld anlegen.«

Und das stimmte, er war erfolgreich. In der schönen Wirtschaftswunderzeit kamen Unmengen deutsches Geld zu Schweizer Banken. Steuerhinterziehung war weniger das Thema, eher ein netter Nebeneffekt; es ging vor allem darum, das Geld in Sicherheit zu bringen. Der letzte Krieg war noch in frischer Erinnerung, der Ausgang des kalten Krieges ungewiss. Dass der jüngste Kronsmann-Bruder später bankintern auch mit der Verwaltung der Schweizer Dependance des Kronsmann'schen Familienvermögens betraut wurde, war Zufall, Beifang. Er fand es amüsant, auf diese Weise hinter den Kulissen wieder etwas mit dem Familiengeschäft zu tun zu haben und er hatte gut gewirtschaftet, wie ich inzwischen aus der CD mit den Steuerhinterzieherdaten wusste; nette Aktiengewinne. Obwohl seine Brüder über die Jahre qua Züricher Barabhebungen nicht schlecht von den Erträgen gelebt hatten, war ihre eidgenössische Schatzkammer noch immer bestens gefüllt.

»Joseph der Ernährer?« fragte ich.

»Wenn man so will«, antwortete Thomas Kronsmann.

Wir schwiegen einen kurzen Moment, bis er fortfuhr.

»In der Schweiz nannte ich mich Kesselmeyer, es gab eine Hamburger Bankiersfamilie gleichen Namens. Das war nicht problematisch, ich hatte mich noch in Israel umbenannt«, was für nach dem Krieg aus Deutschland Zugezogene damals ein Leichtes war. Und als ich dann Pensionär wurde, gingen meine Frau und ich zurück nach Israel. Die Schweiz war uns schlicht zu wohlgefällig.«

Ich wusste, was er meinte.

Kaffee und Kuchen waren vertilgt, Thomas Kronsmann hatte mich zur Himmelfahrtkirche gegenüber dem Café geführt.

»Ich mag diesen Bau, er ist so preußisch und norddeutsch, er erinnert mich an zu Hause. Bei einer Führung bezeichnete neulich jemand den Stil als wilhelminisch-byzantinisch«, Thomas kicherte freundlich und machte für mich eine Führung durch das Gebäude.

Himmelfahrtkirche und das angrenzende Auguste-Viktoria-Hospital, das nach der Frau unseres letzten Kaisers Wilhelm II. benannt ist, sind deutschen Ursprungs. Auf einer legendären Reise nach Jerusalem 1898 zwecks politischer Liaison mit dem seinerzeit diensthabenden osmanischen Sultan wurde das Projekt beschlossen. Willis Cousin, der russische Zar, hatte in der Heiligen Stadt schon eine ganze Reihe von Religionsbauten gestiftet, die Protestanten lagen mit nur einer Kirche in der Altstadt weit abgeschlagen zurück. Da hieß es klotzen, nicht kleckern – auf dem höchsten Berg vor Ort mit 50 Meter hohem Turm, das alte ›Wer-hat-den-Längsten?-Spiel‹. Wir waren mit einem klapprigen Fahrstuhl ins oberste Turmgeschoss gefahren und blickten über die wuseligen Dächer der Altstadt. Im Südosten war in der Ferne das Tote Meer zu sehen, in gleicher Richtung, noch in der Stadt, die hohe Betonmauer mit Wachtürmen, die Israel gebaut hat, um eine undurchlässige Grenze zu Palästinensergebieten zu schaffen. Zusammenwachsen tut hier nicht viel. Da fehlt noch das eine oder andere Wunder.

»Es dauerte ein Dutzend Jahre, bis die Kirche fertig war«, berichtete Thomas Kronsmann weiter, »das meiste Geld kam von privaten Förderern. Jede Menge Planungsfehler, falsch berechnete Dachbelastung, undichte Mauern, Personalräume waren vergessen worden. Es wurde schließlich nötig, eine zweite, stabilisierende Fassade vor die erste zu setzen. Kosten und Zeit liefen davon. Ähnlich wie bei eurer Elbphilharmonie. Wann wird die denn fertig werden? Im Moment scheint es ja gut voranzugehen.«

»Damit sind wir beim Grund meines Besuchs, Herr Kronsmann. Wo können wir in Ruhe reden?« Entscheidung für die Kirche, niemand sonst da und schön kühl.

Wir saßen auf der ersten Bank, über uns an der Decke und um uns herum an den Wänden wilhelminisch-byzantinisch-lutherisches Dekor. Ich grüßte Thomas Kronsmann von seinen beiden Brüdern, musste berichten, was sie und der Rest der Familie gerade taten und wie es ihnen ging (ein kurzer Bericht, denn ich gehörte ja nicht zum Clan und hatte nur alle Jubeljahre etwas für sie zu tun) und dann trug ich mein Anliegen vor – Thomas Kronsmanns Zustimmung zur Hebung des Familienschatzes aus den tiefsten Kellern unter der Elbphilharmonie. Nachdenklich stand er auf, ging zum Altar, schaute kurz in die dort aufgeschlagene Bibel und erzählte mir dann, wie er 1943 mit seinen Freunden den Schatz im Keller unter dem Speicher versteckt hatte. Und er berichtete von der britischen Fliegerbombe und dem Tod seiner zwei besten Freunde. Thomas Kronsmann bat mich, ein paar Minuten in der Kirche zu warten; er müsse für sich etwas klären.

Als er den Raum verließ, ging ich neugierig zum Altar, blickte in die aufgeschlagene Bibel, vielleicht gäbe es ja doch irgendeinen Wink Gottes für mich, immerhin war ich in einem Gotteshaus auf dem Ölberg vor den Toren der Heiligen Stadt. Ich las im 93. Psalm: »*Herr, die Wasserströme erheben sich, die Wasserströme erheben ihr Brausen, die Wasserströme erheben empor die Wellen. Die Wasserströme im Meer sind groß und brausen gräulich; der Herr aber ist noch größer in der Höhe:*« Hier und jetzt 900 Meter über Normal Null, das nächst gelegene Wasser von Bedeutung war das Tote Meer mit einer Wasseroberfläche bei 428 Metern unter Normal Null, keine Spur von Wasserströmen oder gar Wellen. Trotz fast 22 Stunden in Israel und erster Anzeichen mentaler Zermürbung in Sachen Religion fiel das Erweckungserlebnis aus. In der DLRG-Station auf Borkum hätte es mit dem Psalm vielleicht geklappt, aber dort hätte das ganze Religionsbrimborium drumherum gefehlt. Ein gottloser Sünder blieb bis auf Weiteres das, was er war.

Thomas Kronsmann kam zurück und entschuldigte sich für die Unterbrechung.

»Ich musste kurz nachdenken. Ich bin einverstanden. Soll der Kronsmann Schatz geborgen werden; es ist Zeit, dass dies endlich geschieht. Grüßen Sie meine Brüder und richten Sie Ihnen aus, dass dies technisch nicht einfach sein wird. Das Team wird architektonische Hilfe brauchen. Und wünschen Sie Heinrich und Johann dabei viel Glück von mir.«

Thomas Kronsmann unterschrieb mir ein vorbereitetes Dokument, in dem er der Schatzbergung durch seine Brüder zustimmte; sie sollten alles entscheiden und bestimmen, was zu tun sei. Ich hatte in Absprache mit den älteren Kronsmann-Brüdern noch ein zweites Dokument vorbereitet, das genau regelte, wie die geborgenen Kunstwerke zwischen den Brüdern verteilt werden sollten, aber ich sollte dazu nur verhandeln, wenn Thomas darauf bestünde. Doch der hatte diesen Punkt nicht einmal erwähnt.

Draußen stand ein silberner Range Rover nebst großem, arabisch aussehendem Chauffeur in ausgebleichten Jeans aber mit dunkelblauem Blazer, der seinen Chef freundlich in Empfang nahm. Thomas Kronsmann alias Ivo Kesselmeyer stieg ein, der Wagen rauschte von dannen.

***

Sein Autotelefon klingelte, »Hallo, Onkel Thomas, Papa hat mich gerade angerufen und mir erzählt, was du brauchst. Ich kann dir bei Fragen zur Statik der Elbphilharmonie gern helfen.« Es war mal wieder Baustopp in seinem Abschnitt, irgendein Streit über irgendeine Zwischenabnahme. Michael Hintze konnte ein paar Tage nach Israel kommen, eine gute Gelegenheit für eines der viel zu seltenen Wiedersehen mit dem geschätzten Onkel seiner Mutter, der die Beziehung zu deutschen Angehörigen nur sehr diskret und vereinzelt pflegte. Die Verabredung war schnell getroffen. Für den Architekten, Thomas Kronsmanns Großneffen ›Mike junior‹, Sohn und Firmenerbe von Melchior Hintze ›Mike Senior‹, nebst Freundin Julia wurden Zimmer im Österreichischen Hospiz gebucht, der Range Rover würde sie in Tel Aviv vom Flughafen abholen und nach Jerusalem bringen, Treffen im Café der österreichischen Ordensschwestern am folgenden Tag gegen 17 Uhr – mit Kaffee, Sachertorte und Apfelstrudel.

***

Ich hatte die Einladung, mit zur Stadt chauffiert zu werden, ausgeschlagen; für heute genug Kronsmann, ich ging ölbergab zu Fuß. Inzwischen war es mittäglich heiß, so dass ich den Garten Gethsemane, der sich unterwegs ankündigte, links liegen ließ und froh war, als ich die engen Steingassen von Jerusalems Altstadt erreichte, wo es zwischen den Häusern jetzt etwas ruhiger und leidlich kühl war. Ich verlief mich, landete ungeplant am Platz vor der Klagemauer. Ein Drittel der Mauer für Damen, großes Gedränge, zwei Drittel für Herren, dort ausreichend Platz für religiöse Ekstase. Orthodoxe Juden mit ihren weißen Hemden, schwarzen Anzügen und schwarzen, großkrempigen Hüten in lockerer Reihe, einige sich fortwährend verzückt verbeugend. Ein paar der älteren trugen große, zylinderförmige Pelzhüte, die aussahen, als wären sie als Reiniger für extrem großkalibrige Kanonen entwickelt worden. Leute, die fest glauben zu wissen, wie Gott und die Welt ticken, sind mir unangenehm – ganz egal welchem Gott, Propheten oder Prediger sie verfallen sind. Und wenn sie sich uniformieren und für das andere Geschlecht gesonderte Bezirke schaffen, wird es noch unangenehmer. Ich war mir nicht sicher, ob die bewaffneten Posten drumherum es erträglicher oder schlimmer machten. Es zog mich jedenfalls nicht an die Mauer. Nach Klagen war mir auch nicht zumute und ich war froh, bald den Weg zum Gästehaus der Lutheraner gefunden zu haben. Dort konnte man sich auch als Ungläubiger einigermaßen sicher fühlen.

Auf der Terrasse des Gästehauses empfing mich ein fröhliches Genoveva-Axel-Conrad-Shlomo-Quartett. Einige Sterne von Bethlehem schienen schon auf- und wieder untergegangen zu sein; aktuell waren die Weingläser leer.

Genoveva hatte von einem italienischen Restaurant vor den Stadtmauern gehört, das sehr empfohlen wurde. Einstimmiger Beschluss ohne Enthaltungen (Conrad hatte Shlomo alles in brüchiges Französisch übersetzt), Aufbruch in zwei Stunden, kleine Pause zum Frischmachen und Wassonstnochsozutunwar. Und zweieinhalb Stunden später ging es durchs Jaffa-Tor hinaus aus der geschichts- und religionsgeladenen Altstadt. Das eigentliche Tor steht seit über hundert Jahren nicht mehr, stattdessen klafft ein großer Durchbruch in der alten Stadtmauer. Thomas Kronsmann hatte mir erzählt, anlässlich des 1898er Besuchs von Wilhelm Zwo habe man die Mauer am Tor weiträumig eingerissen, damit dem deutschen Kaiser ein standesgemäß pompöser Einzug mit Kutsche und Eskorte möglich wurde. Der Sohn seines Gottes war noch auf einem Esel in die Stadt geritten.

Shlomo erbot sich als Ortskundiger, die Führung zum empfohlenen Restaurant zu übernehmen, doch die iphone-Fraktion setzte sich durch, und so ging es unter allerhand GPS-Beratschlagerei bei wechselndem Netzempfang hin und her, und nach ein paar Kilometern war die Taverne gefunden. Große Glasfront, hinein, das Restaurant gut besucht, hoher Geräuschpegel von munteren Gesprächen und zeitgenössischer Chill-Rap-Hintergrundmusik, der letzte freie Tisch für uns. Eine nette Speisekarte mit italienischem Allerlei, bei näherer Lektüre lustig verfremdet mit lokalen Spezialitäten. Wir gehörten hier zu den älteren Semestern, um uns herum muntere, meist junge Israelis, an allen Tischen Wein mit konstanter Fließgeschwindigkeit, keine Orthodoxen, Salafisten oder sonstige Glaubenskrieger. Wir waren Luftlinie keine zwei Kilometer von Jerusalems Altstadt entfernt, und alles wirkte normal, einfach südländisch nett, wie in Palma oder Barcelona. Wir bestellten dies und das und viel zu viel. Das Essen kam in Schüben, begleitet von diversen Karaffen Wasser und Wein. Es ging uns gut und Wasser blieb Wasser, Wein blieb Wein, keine religiösen Aufwallungen oder Wunder. Axel entdeckte bei der Suche nach Desserts auf der Speisekarte ein paar Hinweise auf die koschere Zubereitung einiger Gerichte und meinte, wir sollten beim Volltanken vor Rückgabe des Bluesmobils darauf achten, koscheres Benzin zu tanken. »Meine Mietwagen tanken grundsätzlich das billigste Normal, aber hierzulande gelten vielleicht spezielle Regeln«. Sein erster substanzieller Axel-Zwischenruf seit wir in Jerusalem waren; diese Stadt schien selbst ihn etwas aus seiner üblichen Tagesform zu bringen.

Als unsere Bäuche schwer und die Seelen leicht waren, wurde geplant: Axel und ich zurück nach Hamburg in Sachen Überbringung des thomasseitigen testamentarischen Okays zur Bergung der Kunstsammlung im elbphilharmonischen Keller; so war es mit den älteren Kronsmann-Brüdern verabredet. Genoveva, Conrad und Shlomo aktuell ohne besondere Verpflichtungen nach Marseille und dann per Mietwagen weiter nach Sanary-sur-Mer. Mein Ferienhaus war noch für drei Wochen bezahlt, und so hatten sie mich dazu überredet, ihnen das Refugium zu überlassen. Axel und ich sollten zwei Tage später dazustoßen, bis dahin wollten die anderen versuchen, Genovevas Wohnmobil aus dem Polizeigewahrsam zu befreien und sich schon etwas in unserem Namen zu erholen.

Nachdem nun schon wertvolle Ferientage Kronsmann-Missionen zum Opfer gefallen waren, war dieser Plan einer veritablen Reisegruppe in meinem Provence-Refugium für meine Autorenkarriere sicher nicht optimal, aber da mir der sechste Satz meines Romans immer noch nicht eingefallen war, fand ich es nicht so schlimm. Die Enkeltochter hatte sich beruhigt und schien über ihren Geburtstermin noch ein Weilchen nachzudenken, sodass eine sturmfreie Villa auf uns wartete. Und falls Lisa und andere Familienangehörige kommen wollten, wäre die Vertreibung meiner Begleiter aus dem Paradies sicher machbar. Das Wohnmobil war groß genug für vier Schläfer, die sich gut verstanden. Mögen taten Genoveva, Axel, Conrad und Shlomo sich ja offenkundig – zumindest bei ausreichend Wein, und in dieser Hinsicht ist die französische Provence sicheres Terrain. Daher: Neuer Plan = guter Plan. Einige Flüge umgeschichtet, bestens.

Der Rückweg zu unserer Lutherischen Herberge dauerte trotz der diversen Karaffen dank Shlomo nur ein Viertel der Zeit des Hinwegs; die Iphone-GPS-Fraktion war erschöpft und ließ die Geräte in den Taschen. Fünf Pilger erreichten müde ihre Nachtlager. Um vier Uhr früh der ortsübliche Krach der erweckenden Diener ihrer Religionen, diesmal der muslimische Part noch lauter als in der Nacht zuvor, wahrscheinlich ein Muezzin-Casting, dann das christliche Geläute und schließlich wegen irgendeines anstehenden Feiertags eine seltene Zugabe fröhlicher jüdischer Gesänge. Jahwe hatte sicher seine Freude daran, dass er auch mal dran war, aber nicht schön, wenn man den nächsten Morgen früh raus muss. Wenigstens der Hund war ruhig geblieben.

Kurzfrühstück. Das Bluesmobil zermahlte inzwischen schon drei Radlager und das linke hintere Seitenfenster ließ sich nicht mehr schließen. Das Fahrzeug brachte uns aber mit oder ohne Gottes Segen zuverlässig zum Car-rental-Return am Flughafen Tel Aviv. Für den erbärmlichen Zustand unseres Vehikels interessierte sich niemand, Hauptsache vollgetankt. Ein schüchternes, weiß beblustes belgisches Ehepaar mit drei schüchternen, weiß beblusten Kleinkindern übernahm den Wagen mit sorgenvollen Blicken und viel Gepäck von einem unablässig schnell und freundlich hebräisch auf sie einredenden Jüngling mit einer großen Junior-Key-Account-Car-Rental-Plakette. Er fotografierte das Bluesmobil und die zunehmend nervös wirkenden neuen Mieter aus vielen verschiedenen Winkeln mit seinem Handy. Axel zeigte auf die kleinen, runden Beulen mit abgeplatztem Lack am vorderen Kotflügel von unserem Sperrgitter-Rendezvous im Parkhaus und sagte etwas zu der Frau, was ich nicht verstand. Die belgische Dame zuckte zusammen und schien einem Heulkrampf nahe. Ich schaute Axel fragend an.

»Das war niederländisch, ich sagte nur: ›Machen sie sich keine Sorgen, die Kugeln sind nicht durchgekommen‹«.

Es wurde Zeit für den Rücksturz zur Erde; fünf Freunde im Flughafenbus auf langen, sonnigen Wegen zum Terminal 3.

Vor dem Gebäude stand der Range Rover von Thomas Kronsmann. Ich sah aber nur den Fahrer, der mich aus einiger Entfernung freundlich grüßte. Einchecken mit diversen Kontrollen; die junge Israeli, die mich zu meinem Gepäck befragte, erklärte mir freundlich und ausführlich, wieso dies nötig sei. Nach allem, was ich sowieso wusste und 48 Stunden Jerusalem musste man mir das nicht mehr erklären, aber sie war nett und ich bedankte mich für die erschöpfenden Auskünfte. Hinter den Kontrollen traf ich Axel; die anderen drei waren losgerannt, um ihren Flug Richtung Frankreich zu kriegen. Axel war wild entschlossen, im Verpflegungsbereich des Terminals für uns Campari-Soda aufzutreiben. Die Verspätung unseres Fluges nahm viertelstündlich zu, sodass einige Zeit zum Suchen blieb. Zwecklos, wir endeten bei doppelten Espressi, wurden so immerhin unsere letzten Schekel los. Wegen Verspätung in Tel Aviv und damit verpasstem Anschlussflug landeten wir spätabends im Holiday Inn beim Brüsseler Flughafen, der Weiterflug nach Hamburg war erst am nächsten Morgen möglich.

Mit uns gestrandet war eine Gruppe deutscher Lehrer und -Innen, die eine einwöchige Holocaust-Ausbildungsreise in Jerusalem hinter sich hatten. Wie man sich nach einem solchen Programm über diese Flugpanne aufregen konnte, war mir ein Rätsel. Jedenfalls beschlossen die Pädagogen, nach diesem Schreck auch die zweite Hälfte des folgenden Arbeitstages ausfallen zu lassen. Axel und ich konnten das nicht. Wir waren den kommenden Mittag bei den Hamburger Kronsmanns zum Rapport über die Reise nach Jerusalem verabredet, was auch mit ein-nächtlicher Verspätung klappen sollte. Dank Holiday Inn vorzüglich geduscht und mit gutem Frühstück im Bauch.

Tu felix Austria

Im Gartencafé des österreichischen Hospizes hatten Thomas und Mike junior drei Tische zusammengeschoben. Mikes Freundin Julia brachte Sachertorte, Apfelstrudel, drei Meinl-Kaffee und eine Flasche Wasser mit Gläsern. Der Garten lag noch im Vormittagsschatten, sie waren die einzigen Gäste, die hohen Gartenmauern ließen die Geräusche des arabischen Viertels von Alt-Jerusalem nicht zu ihnen durch. Mike breitete Pläne der Elbphilharmonie vor ihnen aus, Thomas Kronsmann beugte sich über einen Querschnitt des unteren Gebäudeteils, eine Puppenhausansicht der neuen Parkgarage im alten Kaispeicher und der darunterliegenden Räume.

»Was sind das für dunkle Balken, die unter den Kellern in den Grund ragen?«

»Das sind die neuen Pfähle, die in den Boden getrieben wurden, um das zusätzliche Gewicht des Neubaus zu tragen«, erklärte der junge Architekt.

Thomas zog einen großen Umschlag aus seiner alten Lederaktentasche, entnahm ihm einige vergilbte, gefaltete Papiere, die mit Nummern und ein paar Worten in altdeutscher Schrift gekennzeichnet waren, sah sie kurz durch und faltete einen etwas zerknitterten Bauplan auseinander, den er über Mikes Elbphilharmoniequerschnitt legte.

»Dies ist der alte Kaiserspeicher von 1875«.

Der Plan zeigte in der Mitte des Gebäudes drei Kellergeschosse.

»Unter den bei dir eingezeichneten Kellern von heute geht es an einigen Stellen noch mindestens zwei Stock weiter runter. Ich interessiere mich vor allem für diese alten Keller in der Mitte.«

Mike kratzte sich an der Nase. Er hatte bei den Planungen des neuen Tiefgeschosses mitgearbeitet und zeitweise auch die Bauarbeiten überwacht. Das Kellergeschoss des Kaispeichers war aufwendig saniert und umgebaut worden, dort befanden sich Technikräume. Von darunter liegenden Räumen hatte er nichts gewusst. Bei den Bauarbeiten hatte er nichts bemerkt, was darauf hingedeutet hätte. Aber es hatte diesen Vorfall mit den russischen Bauarbeitern eines Subunternehmers gegeben, die an der Ostwand des Kellers gemauert und geputzt hatten und am Tag nach einer Kontrolle ihrer Arbeitspapiere durch den Zoll einfach nicht mehr erschienen waren. Ihre Arbeitsberichte wurden auch nicht abgegeben. Mike hatte die von den Russen sanierte Wand genau geprüft, alles schien in bester Ordnung. Der geplante Abnahmetermin für die Kellerarbeiten war schon überschritten und bei weiterem Verzug drohte böser Ärger. So hatte Mike einen kurzen Vermerk für die Dokumentation geschrieben, bei der Abnahme gab es keine Probleme, keine Fragen und damit war der Fall erledigt.

Als sie nach einigem Falten den Keller des alten Querschnittsplans passgenau an den neuen gelegt hatten, zeigte Mikes Nennonkel Thomas auf die Stelle, an der im ersten Kellergeschoss eine Tür zu Treppen eingezeichnet war, die in die beiden tieferen Etagen führten – genau dort, wo die Russen gemauert hatten.

»Aber wenn es da noch Kellerräume gibt, hätten wir das doch beim Setzen der neuen Stützpfeiler bemerkt?«

»Ich weiß nicht, wer da von euch was merkt, wenn ihr mit den Maschinen rüttelt und rammt. Einige der alten Keller sind sicher auch zugeschüttet. Es gab die britischen Bomben im Krieg und auch die Sprengung 1963. Jedenfalls gibt es aber unter der Elbphilharmonie Hohlräume.«

Julia hatte sich eine Zeichnung des neuen Gebäudes angeschaut, die bei größerem Maßstab den jetzt als Garage genutzten Unterbau mit dem einen Kellergeschoss und auch den neuen Bau darüber zeigte.

»Das erinnert mich an einen abgeschliffenen Zahn mit einer ziemlich avantgardistischen Jacketkrone«.

Thomas Kronsmann nahm einen breiten Bleistift und ergänzte den Plan mit ein paar Strichen um die nicht verzeichneten Kellergeschosse. »Und hier wurde die Wurzelfüllung vergessen. Der Zahn ist instabil.«

Dann skizzierte er mit schnellen Strichen auf einem Blatt Papier die schmale Seite des Gebäudes von flussabwärts gesehen, davor ein paar Wellen im Wasser und zeichnete dann einen gestrichelten Viertelkreisbogen von der rechten oberen Kante der Elbphilharmonie Richtung Wasseroberfläche. Ans Ende der gestrichelten Linie kurz oberhalb der Wellen setzte er einen Pfeil.

Am anderen Ende des Gartens hatte sich ein gut aussehender älterer Herr im Bischofsornat mit einer Nonne niedergelassen, sie tranken Kaffee und unterhielten sich leise. Thomas erklärte Julia, dass man am dritten beflaggten Fahnenmast beim Eingang des Hospizes erkennen konnte, wenn ein Bischoff Gast des Hauses war. Auch Julia, Thomas und Mike wandten sich ihrem Kaffee zu und dem vorzüglichen Kuchen aus der hauseigenen Bäckerei. Thomas berichtete Julia zur Geschichte des Hospizes als Pilgerherberge, britisches Internierungslager, jordanisches und dann israelisches Lazarett und schließlich in den 80er Jahren die Rückgabe an die Erzdiözese Wien zu seinem ursprünglichen Zweck.

»Für diese Stadt ist es zwar kein altes Gebäude, aber es hat doch schon ein Stück weit ortstypischen Lebenslauf vorzuweisen, inklusive Wiener Kaffee. Ich glaube, ich nehme noch etwas von dem Apfelstrudel.«

Mike dachte nach, machte ein paar Notizen auf einem Block und ein paar Berechnungen auf seinem Notebook. Onkel Thomas erzählte Julia weitere Merkwürdigkeiten Jerusalems.

»Da kann nichts schiefgehen«, unterbrach Mike nach einer Weile seine Tischgenossen, »selbst wenn alle alten Keller hohl und baufällig sein sollten, haben wir mit den neuen Pfählen genug Stabilität im Gebäude, dass da nichts passiert.«

Thomas Kronsmann wirkte nicht überzeugt. »Ist es nicht so, dass ihr mit den neuen Pfählen die unbekannten Hohlräume mit dem schweren oberen Gebäudeteil verklammert habt, und das Ganze ist jetzt wie ein schwer beladenes Schiff mit leeren Ballasttanks? Bei Sturm kann es kentern.«

»Das ist natürlich nicht ganz falsch, aber ich habe das überschlägig berechnet. Die Statik hat genügend Reserven. Das hält, da kippt nichts.«

Thomas Kronsmann überlegte einen Moment. »Wenn ich dich richtig verstehe, heißt das auf deutsch, du würdest deinen Steiß darauf verwetten, dass die unbekannten Kellerräume unter dem Bau kein Problem darstellen?«

Mike nickte.

»Aber was würdest du tun, wenn die Bauherrn dir ein zehnseitiges Papier von irgendwelchen hochspezialisierten internationalen Hoch- und Tiefbauanwälten vorlegten, in dem steht, dass Du mit Haus, Hof, deinem Konto, dem BMW-Cabrio und deiner reizenden Julia haftest, wenn da etwas schiefgeht und du sollst das doch bitte mal eben unterschreiben. Würdest Du?«

Mike musste an seinen Vermerk zu den nicht dokumentierten Arbeiten der verschwundenen russischen Maurer an der Kellerwand denken und antwortete nicht.

»Oder was würdest du machen? Ich jedenfalls würde die alten Keller möglichst unbemerkt mit Beton vollpumpen.« Thomas Kronsmann lächelte seinen Neffen zweiten Grades an.

»Julia, könntest Du noch etwas Kaffee holen? Und für mich auch einen Marillenlikör. Für euch auch?«

6. Teil

»*Habe endlich wunderbare Entdeckung im Tal gemacht; ein großartiges Grab mit unbeschädigten Siegeln; bis zu Ihrer Ankunft alles zugedeckt. Gratuliere!*« Axel hatte sich vorgenommen, Christina zu schreiben und ihr von dem verborgenen Schatz unter der Elbphilharmonie zu erzählen. Sie hatte öfter beklagt, sie wisse so wenig über das, was er tue; höchste Zeit, daran etwas zu ändern. Es sollte vernünftig und wichtig klingen. Sie sollte merken, dass er sie ernst nahm. Deshalb hatte er Howard Carters Bericht von der Entdeckung des Tut-Ench-Amun-Grabes gelesen, in der Hoffnung, Anregungen für den richtigen Stil und Tonfall zu finden. »*Sicher hatte man nie vorher in der ganzen Geschichte von Ausgrabungen so Wunderbares geschaut, wie es uns jetzt das Licht unserer elektrischen Lampe enthüllte.*« Axel kratzte sich am Kinn, das war vielleicht doch etwas heftig.

»*Liebe Christina, ich habe dir in den letzten Jahren nie sehr viel über meine Arbeit berichtet, weil ich fürchtete, du würdest denken, ich spinne. Das ist heute nicht anders, aber ich will es trotzdem versuchen. In Jerusalem gibt es einen alten Herrn aus einer Hamburger Kaufmannsfamilie mit einem versteckten Kunstschatz in einem geheimen Keller unter der Hamburger Elbphilharmonie. Der Herr lebte viele Jahre unter einem falschen Namen in der Schweiz …*«

Ganz unten

Ion Barbu guckte auf die Uhr. Es war halb vier nachmittags, seit einer Stunde waren sie durch die Kellerwand, jetzt war das Loch groß wie eine Tür. Sie hatten Sand und Schutt aus dem Treppenhaus herausgeschaufelt, der kleine Container neben dem Eingang war schon halb voll, er konnte ihn in einer Stunde abholen lassen und für die Nachtschicht einen neuen bestellen. Eine halbe Stunde später waren die zwölf Stufen der Treppe ins Untergeschoss freigelegt und sie schaufelten sich durch einen schmalen Gang Richtung Osten, hier lagen mehr Steinbrocken. Nach zwei Metern stießen sie auf einen Durchbruch zu einem Seitenkeller. Er war durch einen der neuen Stützpfeiler entstanden, der senkrecht durch die Wand des Ganges getrieben worden war. Der Seitenkeller war leer. Voll Vertrauen auf die pfeilerverstärkte Statik und die Zwischendecken des Kellergeschosses, die bereits erfolgreich britischen Bombern und deutschen Sprengmeistern getrotzt hatten, erweiterten sie den Durchbruch links vom Pfeiler, bis die kleine Schubkarre bequem hindurch passte. Kurze Wege für den Abraum, der nun nicht mehr zum Parkdeck geschafft und abtransportiert werden musste, sondern in den Seitenkeller wanderte. Schuttcontainer und Arbeitszeit gespart, gegen Mitternacht war der knapp zehn Meter lange Gang frei. Am Ende fand sich eine zugemauerte Tür.

Ions Truppe war nervös geworden, als sie im Gang etwas

gehört hatten, was wie entfernte Schüsse klang. Aber nun waren sie nach sechs Stunden Buddelei fertig – Abbruch, Aufbruch, Feierabend. Die mit schwarz-gelbem Klebeband und Warnschildern markierte Absperrung des Wanddurchbruchs vom neuen Elbphilharmonie-Tiefgeschoss zur Treppe zum alten Kaiserspeicher-Keller wurde zusammengeschoben und mit Kette und Schloss dichtgemacht. Ein paar auf der Baustelle streng verbotene Bierflaschen kreisten fröhlich, Ion verteilte Bargeld an seine Gehilfen. Dann ging ein jeder seiner nächtlichen Wege.

Heinrich und Johann Kronsmann hatten Ion Barbu vor zwei Wochen auf einer Baustellenführung für wichtige Persönlichkeiten der Stiftung Elbphilharmonie angesprochen. Ion hatte der illustren Gesellschaft die Baumaßnahmen im alten Kaiserspeicher und dessen Untergeschoss erläutert, die bereits fast fertig waren. Die neuen Stockwerke der Elbphilharmonie mit ihrer Glasfassade waren auf den alten Speicher aufgesetzt worden. Die schmucklose alte Backsteinfassade des Speichers aus 1963, der zunächst abgerissen werden sollte, war von Denkmalschützern entdeckt worden und musste deshalb unverändert stehenbleiben. Eine von vielen ästhetischen Großtaten des Projekts, die dessen Kosten um zig Millionen in die Höhe trieben. Der alte Kasten wurde vollständig entkernt und auf dem neuesten, teuersten und höchsten Stand der Technik ausgebaut, um dereinst als Unterschlupf für Automobile des neuesten, teuersten und höchsten Stands der Technik dienen zu können.

Ion war Bauleiter einer rumänischen Unterfirma eines Sub-Unternehmers. Er war in Bukarest Bauingenieur gewesen, hatte auch zwölf Jahre nach seinem Abschluss noch keinen vernünftigen Job, hielt seine Familie als Touristenführer im Parlamentspalast, dem gigantischen Prunkbau des früheren Diktators Ceaucescu, nur knapp über Wasser, als er von rumänischen Bautrupps hörte, die für den Hamburger Bau der Elbphilharmonie angeheuert wurden. Zwar suchte man keine Ingenieure, sondern Malocher, die mit Kellen und Schaufeln umgehen und zur Not auch eine komatöse Zementmischertrommel wieder zum Leben erwecken konnten, nicht krank wurden und vor allem nicht viel fragten oder diskutierten, doch Ion war fasziniert von der Elbphilharmonie. Nach all der Zeit im Bukarester Protz-Palast hatte er eine Zuneigung zu öffentlichen Prunkbauten entwickelt, er liebte seine Bildbände über die prachtvollsten Regierungs- und Kulturbauten der Welt. Die Baustelle in Hamburg war der Ort, wo Ion jetzt hingehörte. Seine guten Deutschkenntnisse halfen bei der Übersetzung seiner Zeugnisse und seine Qualifikation hinreichend herunterzujubeln, um den Job zu kriegen.

Er war nun mehr als zwei Jahre in Hamburg, eine Art Vorarbeiter im alten Speicher – wegen seiner Unkompliziertheit, Freundlichkeit, Verlässlichkeit und wegen seines guten Auges und handwerklichen Geschicks von allen geschätzt und unentbehrlich. Als sich die beiden älteren Elbphilharmonie-Sponsoren mit ihm verabreden wollten, fühlte er sich geschmeichelt und war neugierig. Zum Treffen im edlen Hamburger Fischereihafenrestaurant erschien Ion in seinem Anzug mit seiner Krawatte, genoss die hanseatische Umgebung, freute sich an den Gemälden von Hafen und Schiffen, an getoastetem Schwarzbrot mit Rührei und Aal, Edelpils vom Fass nebst Elbblick und war nur allzu bereit, als ihm Heinrich und Johann einen lukrativen Nebenjob anboten. Zwar verdiente er gar nicht schlecht. Seine geliebte Frau und seine geliebten beiden Kinder in Bukarest zu versorgen, gelang ihm inzwischen ohne Probleme und er musste auch in Hamburg nicht darben. Aber hier bot sich die Chance zur Finanzierung eines Familienurlaubs nebst zwei oder drei Extra-Wochenendreisen zu den Seinen – One-stop-Verbindungen mit nur viereinhalb Stunden Flugzeit, die latente Verlockung.

Als ihm die Herren die alten Speicherpläne mit den Kellern und eine neuere Schnittzeichnung des Untergeschosses von dem Ion gut bekannten Architekten Hintze zeigten, war er sofort im Bild. Die wilden Ideen wie gefälschte Baustellenausweise oder sich nach Schichtende auf der Baustelle zu verstecken, hatte er den alten Herrschaften aber schnell ausgeredet. Das musste alles normal, genehmigt, geplant aussehen. Ordentliche Papiere, ordentliche Werkzeuge, zugelassene Schuttcontainer, Absperrungen. Für Ion als rumänischen Vormann genau so wenig ein Problem, wie ein paar Helfershelfer unbemerkt von anderen Arbeiten abzuzweigen. Jeder auf der Baustelle hatte genug mit sich selbst zu tun, niemand schöpfte Verdacht.

Auf dem Weg zum Bus schickte Ion seinen Auftraggebern die Nachricht, der Job sei erledigt und hängte an die Mail ein Dutzend Fotos vom Eingang zur Treppe, Treppenhaus, dem geräumten Gang einen Stock tiefer und der vermauerten Tür an dessen Ende. Heinrich und Thomas waren extra lang aufgeblieben, um Ions Rückmeldung abzuwarten. Beim Anblick der gemailten Fotos waren sie begeistert, diskutierten noch bis spät in die Nacht »die nächsten Maßnahmen«. Als sie ins Bett gingen, gab es in Hamburg zwei Flaschen Grande Cuvée Sponti Riesling Crémont aus dem Hause St. Laurentius weniger.

Das A-Team

Ich war nicht allzu erpicht darauf gewesen, auf meinem Weg von Jerusalem nach Sanary noch einen Zwischenstopp in Hamburg einzulegen – zwei weitere bezahlte Villentage würden überwiegend in Verkehrsmitteln verbracht und auf Flughäfen verwartet – aber meine beiden Auftraggeber hatten darauf bestanden: »Wichtige Dokumente werden in unserer Familie seit jeher persönlich übergeben«. Und sie hatten mir später gemailt, sie würden auch gern meinen Assistenten Axel Strahlson kennenlernen, der so wertvolle Dienste geleistet habe. Axel – hoch erfreut über dieses Ansinnen unserer Auftraggeber und vor Neugier auf die alten Herrschaften fast platzend – stand treu an der Seite der Hanseaten und bekräftigte, wie wichtig solche alten Familiengrundsätze seien. Das Honorar für den Auftrag eignete sich auch nicht für Einwände, und so wurde es eben Jerusalem – Sanary via Hamburg und schließlich läuteten wir beide am Mühlenberger Weg.

Axel mächtig in Schale. Vorgestern hatte er lange mit seiner Christina telefoniert, es wurde nicht gebrüllt, und sie hatte ihm seinen grauen maßgeschneiderten Anzug geschickt. Dazu trug er ein weißes Hemd, schwarzes Einstecktuch und passendes schwarzes Seidentuch – Paisley Muster – im offenen Hemdkragen; er schien jetzt aufrechter zu stehen und zu gehen. Mich hatte meine Reinigung versetzt, der schon leicht zerknitterte Bürograue mit dunkelblauem Schlips musste für diesen Besuch reichen, eine Schreibtischmaus neben Axel als elegantem Gentleman. Mir war nicht klar, was dieser Axelaufzug sollte. Ich kannte ihn meist im Schluffioutfit oder manchmal bunt, aber modisch vornehm war nicht seine Art. Und die Menschen der besseren Gesellschaft waren ihm eigentlich egal, zumindest nicht wichtiger als alle anderen – es sei denn, jemand hatte sein besonderes Interesse geweckt oder Axel wollte etwas Bestimmtes. Egal, die große Tür der großen Villa öffnete sich.

»Sie müssen Herr Strahlson sein; ich freue mich sehr, Sie endlich einmal persönlich kennenzulernen«, begrüßte ihn Heinrich Kronsmann heftig händeschüttelnd. Für mich gab es ein »Guten Tag, Herr Dr. Timm«.

Im Saal machte sich ein ebenfalls freudig strahlender Johann Kronsmann daran, Axel den beeindruckenden Elbblick zu präsentieren, den dieser kurz mit der Bemerkung »Nett, ich mag Hangars« entzauberte, was Heinrich und Johann zum Lachen brachte.

Als das »Sie trinken sicherlich gern Tee?« kam, meinte Axel »Eigentlich ist es doch Zeit für einen schönen Kaffee, meinen Sie nicht?« schon tranken wir alle Kaffee, und Frau Severin brachte uns sogar einen edlen Cognac. Axel ließ sich ihr mit formvollendeter Verbeugung vorstellen. Ein freundliches Lächeln überzog Frau Severins bis dahin kaum beteiligtes Gesicht. Axel hatte nicht viel gemacht, nicht viel gesagt und wurde behandelt wie ein Ehrengast.

Ich übergab die von Thomas unterschriebene Einverständniserklärung zur Schatzbergung durch seine Brüder, grüßte von ihm, musste erzählen, wie es ihm ging, wie er aussah, was ich brav erledigte. Viel hatte ich nicht zu berichten; die Sache Thomas Kronsmann alias Ivo Kesselmeyer ließ ich weg.

»Und wie soll es nun weiter gehen mit dem Heben des Schatzes?«, fragte Axel.

»Deswegen wollten wir mit ihnen sprechen, Herr Strahlson.«

Johann legte ein Dutzend auf A4-Papier gedruckte Fotos auf den großen Esstisch. Die Qualität war nicht besonders gut, aber wir erkannten ein dunkles Treppenhaus und einen Gang, die Wände fleckig, der Putz stellenweise abgeplatzt, an vielen Stellen noch Sand und Schutt, schließlich eine Wand, auf der bei genauerem Hingucken ein schlecht vermauerter und unregelmäßig verputzter Durchgang zu sehen war.

»Das ist der Zugang zum Keller mit der Kunstsammlung«, erklärte Heinrich feierlich.

»Finster«, meinte Axel, »das sieht ganz schön finster aus, passt zur Geschichte.«

»Noch etwas Cognac?«, fragte Heinrich.

»Warum nicht?«

Wir vier setzten uns auf vier Sessel, die im Halbkreis vor einem gläsernen Couchtisch nah am großen Fenster mit Blick auf den großen Garten und die Elbe mit dem Flugzeugwerk standen.

»Wissen Sie, Herr Strahlson, wir haben uns über Sie erkundigt. Sie sind offenbar ein Mann der Tat, und es heißt, man kann ihnen vertrauen«, verkündete Heinrich Kronsmann meinem Kameraden – was sollte das werden?

»Ich sage dazu nicht ›nein‹, aber ich kenne Menschen, die das nicht ohne jeden Vorbehalt unterschreiben würden«, entgegnete Axel vornehm.

Ich musste an Christina denken, aber immerhin hatte sie ihm ja seinen Maßgeschneiderten geschickt.

Kronsmann ließ sich nicht beirren. »Der Gang zur Schatzkammer wurde von ein paar ausländischen Arbeitern freigelegt, aber mit der Bergung und dem Abtransport der Kunstwerke möchten wir diese Herren nicht betrauen. Da brauchen wir Personen, auf die wir uns voll und ganz verlassen können. Es sind vierunddreißig Bilder und sechs Statuen; keine besonders großen Stücke, aber mein Bruder und ich sind zu alt für so etwas. Wir hatten an Sie gedacht, Herr Strahlson.«

Und dieser antwortete ruhig: »Ich verstehe«.

Ich staunte, Axel hatte offenbar genau das erwartet.

»Wie stellen Sie sich das im Einzelnen vor?«

Heinrich und Johann wirkten erfreut, ihr Plan war schnell erzählt: Am Abend des nächsten Tages sollten sich der rumänische Ingenieur Ion Barbu, der auf der Baustelle der Elbphilharmonie beschäftigt war, der Sohn ihres früheren Steuerberaters Lundius und Axel zur Elbphilharmonie begeben. Dort würde ein Lieferwagen mit der Firmenaufschrift ›Fluvioprotect‹ (den Namen hatte sich Johann ausgedacht) in der Tiefgarage am zum Zugang zur Treppe zu den alten Kellern stehen, für echte Baustellenausweise sei gesorgt, ein mit der Familie befreundeter Architekt der Elbphilharmonie habe aktuelle Pläne zur Verfügung gestellt. Alles sei bestens geplant und doppelt geprüft. Es müsste nur der Zugang zum alten Keller geöffnet werden, Werkzeug sei da, es gehe nur um eine sehr dünne Mauer, Herr Barbu hätte dies untersucht. Und dann, so die Brüder, sei es ein Leichtes, die Schätze in den Wagen zu bringen und zum Mühlenberger Weg zu schaffen. Axel sollte die Operation leiten.

»Für einen Mann wie Sie sollte dies keine allzu große Herausforderung sein, Herr Strahlson.«

Der designierte Commander-in-Chief ging zum Tisch und holte die Fotos von Treppenhaus, Gang und der Wand vor der Schatzkammer, legte sie auf den Couchtisch, schaute sie nacheinander an, kratzte sich am Kinn und sah dann eine Weile aus dem Fenster.

»Der A 380 ist ein ganz besonderes Flugzeug, meinen sie nicht? Die immensen Kosten haben sich gelohnt.«

Heinrich Kronsmann konnte dem nur beipflichten, und Johann Kronsmann nannte das für Axel vorgesehene Honorar – es war höher als meins für die beiden bereits erledigten Aufträge der Brüder zusammen. Mein Missmut wuchs.

»Was wird mit den Bildern geschehen, wenn sie wieder bei Ihnen sind?«, fragte Axel.

»Ausstellen können wir sie natürlich nicht, nach dieser schwierigen Vorgeschichte. Wahrscheinlich werden wir ein paar verkaufen, ein paar hier aufhängen«, sagte Heinrich Kronsmann und sein Bruder ergänzte: »Im Übrigen werden das in wohl nicht mehr allzu ferner Zukunft unsere Erben entscheiden. Gott wird ihnen dabei zur Seite stehen.«

Ich stellte mir einen alten Mann in einem weißen Gewand vor, der in diesem Saal zusammen mit der Kronsmann'schen Trauergesellschaft Gemälde und Skulpturen betrachtet und dabei nachdenklich seinen Bart krault.

»Mich interessieren Druckgrafiken und Radierungen von Nolde, Kirchner, Heckel, Klee, Kandinsky, Rohlfs, Pech und Kollegen«, unterbrach Axel meine Vision.

Das war mir neu. Wenn wir uns mal über bildende Kunst unterhalten hatten, ging es bei ihm nur um Pop-Art.

»Gibt es auch solche Werke in ihrer Sammlung?«
Ich hörte was Trapsen.
»Ja, ich glaube drei solcher Bauhaus-Stücke sind dabei«, meinte Johann.
Jetzt war es Axel, der erfreut wirkte. »Ich glaube, dann kommen wir ins Geschäft; Sie erhöhen das Honorar um diese drei Bilder«, die Kronsmanns nickten nur kurz, »aber ich benötige auch noch die Unterstützung von Herrn Dr. Timm. Es wäre nicht ratsam, diesen Auftrag ohne anwaltlichen Beistand durchzuführen.«
Der letzte Schluck Cognac hatte noch nicht die Abwärtsbiegung Richtung meiner Kehle genommen, und ich war drauf und dran, ihn vor Schreck in die Runde zu versprühen. Axel trat mir unter dem Couchtisch kurz heftig auf den Fuß, ich konnte knapp an mich halten.
»Womit sich das Honorar um fünftausend Euro Anwaltsgebühren erhöht«.
Die Kronsmann-Brüder nickten wieder, für Axel das Zeichen nachzulegen:
»Netto natürlich, also zuzüglich Mehrwertsteuer.«
Heinrich Kronsmann streckte Axel seine Rechte hin: »Hand drauf«. Es wurde geschüttelt.
Ich wurde nicht gefragt, war wütend auf meinen Freund, der letzte Schluck Cognac fand den ihm bestimmten Weg, mir wurde schön warm im Hals und etwas darunter, aber ansonsten machte sich ein Elendsgefühl breit. Wie sollte ich aus dieser Nummer rauskommen? Doch ich sagte besser erstmal nichts, mir fiel gerade auch nichts Passendes ein. Vier Herren standen auf. Unser Treffpunkt mit den Gehilfen morgen 17 Uhr in der Hafencity, die Kronsmanns geleiteten uns hinaus.

»Wie konntest Du?«, zischte ich meinen Freund auf dem Weg zum Wagen an.

Axel musste sich unter größten Mühen das Lachen verkneifen, bis sich die Türen meines Landrovers hinter uns schlossen und er uns den Mühlenberger Weg hochkurvte – er trat kräftig aufs Gas und schüttelte sich hinterm Lenkrad vor Vergnügen.

»Wie war ich, Lukas? Sag! Ich war großartig – oder?«

Ich hatte Axel in schwierigen Gesprächssituationen erlebt, wobei er sich meist eher zurückhielt – bei italienischen Carabinieri, mit Presseleuten, nach Genovevas Bericht auch bei der französischen Gendarmerie. Diese Auftritte waren mir als geschickt, aber nicht sonderlich beeindruckend in Erinnerung. Doch gerade eben war er top gewesen; der gerade erlebte Auftritt bei den Kronsmanns war ein Meisterstück.

»Ich habe schon in Aix zwei Nachrichten bekommen, dass die Kronsmanns sich über mich erkundigten, und dafür gesorgt, dass mir ein paar renommierte Adressen Referenzen gegeben haben, nach denen ich so etwas wie James Bond in Personalunion mit Sherlock Holmes bin – nur besser. Was meinen Sie dazu, mein lieber Watson?«

Ich hatte Respekt vor dieser Leistung und sagte das auch – zusammen mit der Ankündigung, dass ich bei dieser Nacht- und Nebelaktion nicht mit von der Partie sei.

»Nie und nimmer mache ich sowas. Das ist Wahnsinn, nicht mein Ding, das bringt uns in Teufels Küche. Mach, was Du willst, aber ich bleibe zu Hause oder richtiger: Ich fliege morgen endlich nach Sanary. Wie du weißt, sind die Flüge fest gebucht, und dort warten Genoveva, Conrad, Shlomo, Sonnenschein und diverse Flaschen Rouge und Rosé auf uns.«

Axel blieb unbeeindruckt.

»Freunde und Wein werden nicht schlecht, wenn es mal einen Tag länger dauert. Lukas, mach mit! So etwas werden wir nie wieder erleben.«

Das stimmte.

»Es wird spannend, wir werden Spaß haben und die Entlohnung ist fürstlich.«

Das stimmte jedenfalls zu einem Drittel.

»Und es wird alles gut gehen.«

Das war mehr als fraglich. Ich wollte nicht, ich wollte nicht, ich wollte nicht – oder vielleicht doch ein klein wenig?

»Woher willst Du wissen, dass es nicht in einem Desaster endet? Wenn die Sache auffliegt, stecken wir in allergrößten Schwierigkeiten.«

»Das können wir doch sowieso jede Woche dreimal sagen und zehnmal denken. Und trotzdem machen wir die merkwürdigsten Dinge. Denk an unsere beiden letzten Jobs und damals die Sache am Gardasee.«

»Das waren keine nächtlichen Einbrüche auf Großbaustellen von öffentlichen Wahrzeichen meiner Heimatstadt!«

»Na und, was ist dabei? Wir sind erst mit einem Ingenieur auf seiner Baustelle und dann holen wir für honorige Hanseaten ein paar Bilder ab, die ihnen gehören. Ich denk mal, das ist kein Diebstahl«, was stimmte. »Noch nicht einmal Hausfriedensbruch« – möglicherweise. »Wir sollten es tun.«

Ich wollte trotzdem nicht. Wir fuhren jetzt die Elbchaussee stadteinwärts, zur Rechten wurde der Fluss sichtbar.

»Und was willst du mit den Bauhaus-Grafiken?«

»Christina liebt diese Stücke, und ich will Christina zurück.« Axel wurde ernst. »Ich bin jetzt fünfzig und will nicht allein bleiben und auch kein neues weibliches Wesen an meiner Seite. Bis ich eine neue Frau verstanden habe, bin ich hundert und sie wird mich garantiert nie verstehen«.

Christina hatte Axel erzählt, dass sie was mit ›nem anderen Kerl hatte, was ihn nicht wunderte. »Ich war zu viel weg und habe mich zu wenig gekümmert. Irgend so ein vierzigjähriger Yoga-Jüngling aus einer Werbeagentur. Warum auch nicht?« Nachdem Axel rausgeflogen war, wollte der Neulover bei Christina einziehen, aber da hatte sie gemerkt, dass sie den Marketing Guru eigentlich doof fand, und dann war Schluss. Zum Abschied hat er ihr eine von ihm gemachte Computergrafik geschenkt, die ihre Chakren darstellen sollte.

»Dann vielleicht doch lieber dein belgischer Armeerevolver«, hat sie gesagt. »Das heißt doch, es besteht noch Hoffnung für unsere Ehe – oder? Und drei Bauhaus-Grafiken kombiniert mit aufrichtiger Reue, Liebe, Leonard Cohen Songs sowie einer Flasche Veuve könnten der sich bereits andeutenden Renaissance unserer Beziehung den noch nötigen Anschub geben. Oder?«

›Gerührt‹ wäre nicht das richtige Wort, aber damit hatte Axel bei mir den Punkt getroffen, der mich Einknicken ließ. Liebe und Freundschaft und Kunst. Bei einem solchen Sternbild konnte ich nicht einfach wie Major Tom das Raumschiff verlassen.

»Also gut, morgen Nacht geht es in die Katakomben der Elphi«, gab ich klein bei, »nach uns die Sintflut«.

Axel lächelte, »ja, nach uns die Sintflut« und drückte dreimal heftig die Hupe.

Ein bärtiger junger Mann mit Babys in einer Zwillingskarre warf uns einen finsteren Blick zu, ein entgegenkommender asiatischer Taxifahrer winkte fröhlich.

K.u.k.

»Resturlaub«, hatte Kathrin schließlich gesagt, mich dabei angelächelt und gewonnen.

Meine Sekretärin wusste, wann man welchen Knopf drücken musste; schlecht, wenn es dabei gegen mich ging. Axel hatte ihr von unserer Mission zur Bergung des Schatzes erzählt, und sie wollte unbedingt mit.

»Das kommt nicht in Frage, schlag dir das aus dem Kopf.« Chefs müssen konsequent sein.

Kathrin war nicht überrascht und hatte einfach das Unwort ausgesprochen. Der ihr noch zustehende Resturlaub hatte ein gefährliches Akkumulationsniveau erreicht, die Kollegin im Mutterschutz, die Schwangerschaftsvertretung krank – ein Kathrin-Urlaub hätte in unserem Anwaltsbüro zu einem Stillstand der Rechtspflege geführt.

So saß sie nun zusammen mit Lundius junior, den die Kronsmanns unserem Kommandounternehmen zugeteilt hatten, dem Einsatzleiter Axel und mir im Café Kaisersuite gegenüber der Zufahrt zur Elbphilharmonie, vier unterschiedliche Kaffees und Warten auf die Order für unseren Einsatz. Wir blickten durch die Glasfront auf die Absperrungen der Baustelle und die Container mit den Einlasskontrollen. Ein friedliches Kommen und Gehen vor der frisch gereinigten Backsteinfassade des Speichers. Die

Ostseite der Elbphilharmonie in ihrer ganzen Glaspracht darüber hatten wir schon auf dem Weg zum Café bewundern können. Die Straße verlief mitten auf dem früheren Kai, der jetzt Teil der neuen Hamburger Edel-Apartment-Hafen-City war, direkt auf die Elphi zu, die das letzte große Areal des früheren Kais einnahm, am Ende spitz zulaufend, dann Fluss.

»Heißt es nun Kaispeicher oder Kaiserspeicher?«, fragte Axel.

»Die Straße heißt jedenfalls ›Am Kaiserkai‹«, belehrte uns der schöne Lundius unter Kathrins bewundernden Blicken. Sie war zwar gut zehn Jahre älter und zwei Köpfe kleiner als der Beau, aber das tat dem Interesse keinen Abbruch. Axel und Kathrin waren einsatzbereit in blauen Overalls mit weißen Bauarbeiterhelmen erschienen, Lundius junior in einer neuen, weißen Arbeiterlatzhose und T-Shirt, ich in Jeans und meinem Karo-Gartenarbeitshemd. Eigentlich konnte es losgehen.

»Dann heißt es wahrscheinlich k.u.k. Kaiserkai-Kaispeicher«, meinte Axel.

Lundius junior guckte nachdenklich an die Decke, schien zu reflektieren, was Axel gerade gesagt hatte; Kathrin guckte nachdenklich auf Lundius, Axel guckte auf die Spirituosenflaschen im Regal hinter der Theke, ich guckte auf die Uhr. Warten ist doof. Axel sollte den Anruf von dem rumänischen Vorarbeiter auf der Elphi-Baustelle bekommen, der zu uns stoßen, nähere Instruktionen für die Schatzbergung geben und uns mit Baustellenausweisen versorgen sollte. Zusammen mit den Kronsmanns und mir hatte Axel die Pläne für das Untergeschoss des Speichers mit dem abgesperrten Kellerzugang genau studiert. Der

Zugang dürfte leicht zu finden sein. Der Einstieg war im untersten Parkdeck hinter einem kleinen rot-weißen Bauzaun und einem weißen Kastenwagen mit der angekündigten Aufschrift ›Fluvioprotect Services‹ verborgen – unser Beutetransporter und Fluchtwagen. Im Übrigen gab es auf der großen unteren Parkfläche jetzt nur wenige Baustellenfahrzeuge, war uns versichert worden.

An Axels Helm war schon eine Grubenlampe befestigt, was albern aussah, aber sicher nützlich war. Er verteilte Grubenlampen an seine Truppe, Kathrin fummelte ihre Lampe an ihren Helm, für Lundius und mich sollte es Helme in unserem Lieferwagen auf dem Parkdeck geben.

Das Café bot auch einen schönen Blick über den Kehrwiederfleet auf die alte Speicherstadt. Kathrin erzählte stolz vom Weltkulturerbe-Status, den die UNESCO diesem Ende des 19. Jahrhunderts erbauten Gebäudeensemble aus Lagerhäusern im vergangenen Jahr verliehen hatte und freute sich über Lundius juniors interessiertes Nicken.

»Wenn es für das Guiness Buch der Rekorde nicht reicht, versucht man es halt bei der UNESCO«, meinte Axel, »ich habe den Antrag, meinen Schreibtisch samt Papier- und Aktenhaufen nebst vollem Aschenbecher zum Weltkulturerbe zu erklären, gerade vor zehn Tagen abgeschickt.«

Die Tür des Cafés ging auf; ein Schiffshorn klang aus dem Hafen, ein leichter, kalter Luftzug wehte durch den Raum. Dieser Hamburger September war bereits vom ersten Tag an Herbst. Wir alle guckten etwas angespannt, als ein Herr im Anzug mit freundlichem Gesicht, leicht slawische Züge, einen Rollkoffer hinter sich herziehend eintrat, zu unserem Tisch kam und Axel ansprach.

»Guten Tag, Sie müssen Herr Strahlson sein. Herr Kronsmann schickt mich. Mein Name ist Barbu, Ion Barbu.«

Axel stand auf, nahm seinen Helm ab, der Tisch begrüßte den Ankömmling, der sich zu uns setzte und einen Kaffee ›American White‹ bestellte. Die Spannungskurve stieg.

»Leider habe ich eine schlechte Nachricht.« Die Spannungskurve zitterte unsicher, »heute Abend können Sie nicht in das Untergeschoss des Speichers«. Die Spannungskurve fiel ab. »Es findet dort eine Begehung mit Ingenieuren statt.«

Im Untergeschoss sei dies inzwischen ungewöhnlich, eigentlich war dort ja fast alles fertig. Aber so etwas könne schon einmal vorkommen.

»Machen Sie sich aber keine Sorgen. Morgen wird es bestimmt klappen. Ich muss übers Wochenende verreisen, aber meine Kollegen werden die Sache weiter verfolgen. Sie werden eine SMS bekommen, falls morgen oder später wieder etwas dazwischenkommen sollte. Alles Werkzeug, das Sie brauchen, finden Sie im Lieferwagen vor dem Zugang zum Keller.«

Die Spannungskurve berührte die Null-Linie. Herr Barbu gab uns vier Baustellenausweise, eine Zeichnung der Tiefgarage im Untergeschoss, wo unser Transporter stehen sollte, nebst dem Weg dahin und die Wagenschlüssel, verabschiedete sich freundlich, wünschte uns viel Erfolg und verließ uns fröhlich. An der Tür drehte er sich noch einmal um.

»Sie sollten Gummistiefel mitnehmen,« sagte er mit einem Lächeln.

»Mal schauen, ob es hier Campari gibt«, meinte Axel.

Alles im Fluss

Mike junior war müde. In der letzten Nacht hatten sie bis gegen drei im Büro der Bauleitung gerechnet, geplant und heftig diskutiert. Er hatte die Chefs über die unbekannten Keller unter der Elbphilharmonie informiert, die berichtigten Pläne und seine Berechnungen vorgelegt. Sie waren alle Profis und hatten in diesem Projekt schon diverse Planungskatastrophen bewältigt. So blieb die Stimmung ruhig, wenngleich nicht freundlich, sondern sachlich wie ein aufgeräumter Werkzeugkasten. Wie hoch ist die Wahrscheinlichkeit, dass etwas Schlimmes passiert, und was wäre der größte denkbare Schaden? Mike hatte diverse Berechnungen und Skizzen gezeigt.

»Das Risiko, dass überhaupt etwas passiert, ist nicht groß, allenfalls im untersten einstelligen Prozentbereich, vielleicht ein paar kleine Setzrisse, größere Schäden sind extrem unwahrscheinlich, im untersten Promillebereich. Aber es gibt einige Faktoren, die wir nicht genau einschätzen können.«

Es waren bereits Probleme mit der Verdichtung des Untergrunds auf beiden Seiten des Bauwerks aufgetreten. Messungen hatten gezeigt, dass der Boden an Festigkeit verloren hatte, und die Ursache war bisher nicht gefunden. Die Senkung des Gebäudes hielt sich noch im Rahmen der üblichen Toleranzen; auch dass sie an der Elbseite etwas stärker ausfiel, war nicht als kritisch eingestuft worden. Es ging um Millimeter und haarfeine Risse in der Wand des Parkhauses im unteren Teil des Baus. Man musste gezielt suchen, um sie überhaupt zu entdecken.

»Und was ist der Worst Case, der GAU?«, hatte der Chef der Bauleitung gefragt.

Mike war mulmig zumute. »Es ist äußerst unwahrscheinlich, aber wenn die über die neuen Pfähle mit dem Baukörper fest verklammerten Hohlräume im Untergrund sehr groß sind – was wir nicht wissen – und der Untergrund an beiden Seiten des Gebäudes weiter an Festigkeit verliert, ist es nicht ausgeschlossen, dass das Gebäude kippt. Vielleicht bei einem starken Sturm, die Seitenwände wirken wie Segel. Aber nochmal: Ich halte es für sehr, sehr unwahrscheinlich.«

»Denkbar wäre vielleicht auch ein langsames Absacken – wie beim schiefen Turm von Pisa – oder?«

»Ja, denkbar.«

»Und wenn der Bau kippt, wohin würde er stürzen?«

»Richtung Elbe.«

»Alles im Fluss?«

Mike blieb einen Moment stumm und betrachtete das auf einem Seitentisch des Büros stehende Modell der Elbphilharmonie, bis er antwortete.

»Ja, dann liegt alles im Fluss.«

»Und was schlagen Sie vor?«

Mikes Nenn-Onkel Thomas hatte die Idee gehabt. Sie war so einfach wie effizient, und Mikes Berechnungen mit den verschiedensten Annahmen zu den unbekannten Kellern hatten ergeben, dass die Risiken für die Elbphilharmonie mit Onkels Plan deutlich unter die Promille-Wahrscheinlichkeit gedrückt und der Worst Case aller Worst Cases dann ein paar mehr Millimeter-Risse im Unterbau wäre. »Das Schiff braucht einen schweren Kiel«, hatte Thomas Kronsmann gesagt, und inzwischen dachte auch Mike, man sollte es machen – und sei es nur, um nicht noch mehr Zeit mit Statik-Diskussionen zu verbringen.

»Wir bohren die alten Keller an und pumpen sie mit Beton voll, möglichst flüssig, damit alle Hohlräume verdichtet sind. Damit wird der Bau sogar stabiler als nach unseren ursprünglichen Planungen.«

»Tun Sie das. Tun Sie es schnell und tun Sie es unauffällig, am besten nachts.«

Und morgen Abend sollte es losgehen. Heute Abend war Mike mit zwei Bauingenieuren und vier Arbeitern im Rahmen einer kurzfristig angemeldeten Begehung des Untergeschosses dabei, anhand der neuen Pläne die Punkte für die Bohrungen der Löcher im Boden festzulegen, durch die die Schläuche für den Flüssigbeton in die tiefer liegenden Keller eingeführt werden sollten. Offiziell hieß es, dass Heißluft in das Fundament geblasen würde, da Messungen eine zu hohe Feuchtigkeit ergeben hätten. Die Lage der alten Keller war nicht genau bekannt, aber wenn sie bei einem Loch nicht auf einen Keller gestoßen waren, würden sie es ja schnell merken, wenn der Beton nicht abfloss. Für die Platzierung der Bohrlöcher gab es verschiedene Möglichkeiten. Nach drei Stunden waren sieben Punkte festgelegt, das müsste reichen. Sie lagen so, dass man sich nicht darum kümmern musste, die wenigen auf dem untersten Parkdeck über den Technikräumen stehenden Wagen zu entfernen; einundzwanzig Baustellenkegel verhinderten ein Zuparken der Bohrpunkte. Morgen Vormittag würden die Arbeiter die Löcher bohren, morgen Abend würden sie mit drei Betonmischern anrücken. Sie rechneten mit zwei Nächten Arbeit.

Auf dem Weg zur Elbphilharmonie hatte Mike den Sohn des früheren Steuerberaters der Kronsmanns getroffen, den er von Besuchen am Mühlenberger Weg kannte. Sie mochten sich, wollten sich auf einen Feierabenddrink verabreden, hatten aber an diesem Abend beide keine Zeit – vielleicht nächste Woche. Eine komische Mode, dachte Mike, aber eigentlich nicht übel, durchaus nach dem Geschmack eines Architekten. Der Steuerberater-Filius trug eine weiße, eng geschnittene Bauarbeiter-Latzhose über einem engen schwarzen T-Shirt. Dem Mann stand wahrscheinlich jedes Kleidungsstück, aber dieser Dress war schon etwas Besonderes.

7. Teil

›Napoleon ist aus Elba geflohen und marschiert nach Paris‹ stand in die Depesche, die der Senator geöffnet hatte. Ging jetzt alles wieder von vorne los? Er musste sich nur kurz besinnen, bis er die Anweisung gab: »Sagt die Feier ab. Der Champagner kommt ins Lager am Hafen.«

Clicquot

»Heute abend keine Begehung«, hatte es in der Axel angekündigten SMS geheißen. Von der ursprünglich geplanten Unterstützung unserer Mission durch elphikundige Helfer war nicht mehr die Rede gewesen. Also hatten wir vier uns allein auf den Weg ins Untergeschoss des Bauwerks gemacht; keine Probleme bei der Eingangskontrolle, unsere Baustellenausweise waren okay. Im Eingangsbereich zum Parkhaus standen zwei Laster mit Betonmischern und ein paar Arbeitern davor. Wir vier hatten freundlich gegrüßt, die Arbeiter hatten genickt und weiter geraucht. Niemand waren wir Eindringlinge in geheimer Mission aufgefallen. Ein paar dicke Schläuche lagen über den Boden der Parkfläche ausgerollt, aber das störte nicht; sie wären beim Rückzug leicht zu umfahren.

Die Absperrung und der dahinterliegende Zugang zum Keller waren schnell gefunden; Axel übernahm das Kommando. Im Kellergang vor der noch zugemauerten Tür der Schatzkammer lag mehr Schutt, als auf den unscharfen Fotos zu erkennen gewesen war. Wir hatten Hämmer, Meißel und allerhand anderes Werkzeug aus dem Transporter mit heruntergebracht und im Gang deponiert. Glücklicherweise befand auch sich die kleine Schubkarre noch im Lieferwagen, und im Keller neben dem Gang war noch Platz, um Sand und Steine wegzuschaffen. Es dauerte gut drei

Stunden unter Tage bis Axel meinte, nun sei der Weg ausreichend frei, jetzt ging es an die Tür. Axel versuchte es mit ein paar vorsichtigen Hammerschlägen im oberen Bereich, als es plötzlich zweimal gedämpft knallte.

»Achtung Grabwächter«, rief Axel und grinste uns fröhlich an.

Kathrin trat ängstlich zwei Schritte zurück. Axel versuchte es mit ein paar wuchtigeren Schlägen, wieder ein Knall. Lundius junior löste Axel ab, schaffte den Durchbruch in der linken oberen Ecke der Tür, ließ Axel dann den Vortritt. Axel nahm seine Taschenlampe, leuchtete seitlich in das Loch und guckte hinein. Die Spannung war enorm gestiegen.

»Können Sie etwas sehen?« fragte Lundius und Axel antwortete sichtlich beeindruckt:

»Ja, wunderbare Dinge.«

Das Licht der Lampe fiel in einen Keller, der gut einen Meter tiefer lag als der Gang. An den Wänden standen Regale voller Flaschen. Sie lagen auf den Borden, hatten verdrahtete Korken und waren nicht etikettiert. Der Boden vor den Regalen war mit Scherben von zerborstenen Flaschen bedeckt; aus dem Keller roch es nach Wein und etwas muffig. Plötzlich gab es einen weiteren Knall, laut und scharf: Vor Axels erschrockenen Augen explodierte eine Flasche, es sprühte und schäumte.

Axel beruhigte sich schnell.

»Tür auf, aber vorsichtig«, war seine Anweisung.

Lundius nahm einen kleineren Hammer. Mit der bereits geschaffenen Öffnung fiel es leicht, einen Durchgang zu schaffen, durch den wir über eine ein paar Steinstufen in den vielleicht drei mal fünf Meter großen Raum gerieten, an dessen Außenwänden ringsum gut gefüllte, halbhohe Regale standen, die wir im Licht unserer Grubenlampen bewundern konnten. Es waren überschlägig an die 1.000 Flaschen. Kathrins Neugier hatte ihre Angst besiegt, sie nahm vorsichtig eine Flasche heraus und wischte mit ihrem Ärmel den Staub vom Glas. Mühsam entzifferten wir den Namen ›Clicquot‹ und auf dem Korken ›1813‹.

»Mein lieber Schwan, das nenn' ich einen Schatz! Mehr als zweihundert Jahre alter Champagner. Wer braucht da noch Emil Nolde, Paul Klee und das ganze Bauhaus?«, freute sich unser Einsatzleiter, woraufhin auf der uns gegenüberliegenden Kellerseite zwei weitere Flaschen auf dem obersten Bord seine Freude zu teilen schienen und gleichzeitig explodierten. Wir zuckten zusammen, Kathrin quiekte kurz und schrill. Doch eine vorsichtige Untersuchung des Schadens ergab, dass es zwar schäumte und noch mehr wie in einer Kellerei roch, aber die Scherben lagen nur im und vor dem Regal. Hier flogen keine Geschosse durch die Luft. Vorsichtshalber kamen wir aber in der Mitte des Raumes zusammen.

»Ich habe das mal gelesen«, klärte uns Axel auf, »als es mit dem Champagner losging, hatten die Kellereien lange Zeit Probleme mit der Glasqualität. Immer wieder wurden Flaschen geliefert, die dem Druck der teuren Hefen und edlen Bläschen nicht gewachsen waren und einfach hochgingen.«

»Und wieso passiert das hier nach mehr als zweihundert Jahren?«

»Was weiß ich, veränderte Druckverhältnisse, zu viel Gerüttel im Bau.«

Kathrin hielt ihre Flasche vorsichtig wie einen Plutoniumbehälter und roch am Korken. In einiger Entfernung fing hinter der Wand irgendetwas an zu rauschen, hörte aber nach ein paar Sekunden wieder auf

»Und wo ist die Kunst?«, fragte ich.

Ja, wo war die Kunstsammlung? In diesem Raum fand sich davon nicht die geringste Spur. Regale, Flaschen und Boden waren mit Scherben, Resten von älteren und neueren Champagnerpfützen und von Staub bedeckt. Aber keine Bilder, Skulpturen oder Spuren von deren Transport. Gemeinsam leuchteten wir durch und über die Regale. Grob verputztes Mauerwerk, aber kein Anzeichen einer früheren Öffnung oder dergleichen.

»Wir müssen noch einmal an die Pläne«, meinte Axel.

In unserem Fluvioprotect-Einsatzwagen beugten wir uns über Kopien der Zeichnungen, mit denen uns die Kronsmanns ausgestattet hatten. Der Champagnerkeller hatte zwar nicht die Maße, die dort eingezeichnet waren, aber er lag hinter dem von den Kronsmanns eingezeichneten Zugang am Ende des Ganges. Dort konnten keine zwei Keller sein. Axel legte Kopien der alten Pläne von 1865 aus seiner Mappe über die neuen. Die Linien waren unscharf, dunkelgrau auf hellgrau, teils kaum zu erkennen – aber am hinteren linken Ende des Ganges schien es weitere Markierungen zu geben.

»Das schauen wir uns mal an«, kam es von unserem Einsatzleiter.

Wieder runter in den Gang. Zu viert leuchteten wir mit von Grubenlampen sekundierten Taschenlampen dessen linke Seite ab; rechts lag ja unser Schuttkeller, da konnte das Schatzversteck nicht sein. Und tatsächlich, hinten links, kurz vor dem Zugang zum Champagnerkeller, wurde bei gemeinsamer Vierer-Beleuchtung eine Stelle in der Wand sichtbar, so groß wie eine schmale Tür, gut verputzt, an einer Kante etwas, das aussah, wie ein Siegel aus Gips, in das ein ›K‹ eingeritzt war.

Es war nach Mitternacht, und wir wussten, wir waren am Ziel. Da war das Rauschen wieder. Lundius ging hoch zum Parkdeck und sah drei Arbeiter, die irgendwas mit den dort verlegten Schläuchen machten. »Es sieht nicht alarmierend aus, aber ich weiß nicht …«

»Aber ich weiß«, sagte Axel bestimmt, »heute schaffen wir das sowieso nicht mehr. Wir brechen ab. Morgen ist auch noch eine Nacht.«

Eine weitere Champagnerflasche explodierte zustimmend.

James DIN

»T-Ventile werden benutzt, um Medien nahezu totraumfrei zu entnehmen oder zuzuführen.«

Morcinek stöhnte leise in sich hinein. Sein Neffe Janosz, seines Zeichens Student der Bauingenieurswissenschaften, hatte seinen Onkel vor acht Wochen damit überrascht, dass er ein dreimonatiges Praktikum auf der gefragtesten Baustelle Nordeuropas ergattert hatte. Der Onkel war dort von einem polnischen Sub-Unternehmer mit diversen Maurer-, Putz- und Betonieraufgaben betraut und hatte seiner Schwester versprochen, ihren Ältesten, auf dem alle Hoffnungen der Familie ruhten, vor Ort unter seine Fittiche zu nehmen. Der Hoffnungsträger dankte es seinem Oheim, indem er das Geschehen auf dem Bau ständig mit möglichst präzisen technischen Ausführungen begleitete. Morcineks Nerven waren entsprechend strapaziert. Er hatte gehofft, der Neffe werde wenigstens bei dieser Geheimmission das Dozieren lassen, nachdem ihm eingeschärft worden war, alles müsse äußerst diskret und unauffällig ablaufen. Doch der Praktikant entgegnete nur, es wäre sicher besonders auffällig, wenn er dabei nicht wie sonst die technischen Aspekte des Geschehens genau erläuterte:

»Die Ventilkörper werden idealerweise vertikal in eine Ringleitung oder mit verschiedenen Entnahmestellen versehen und in eine Rohrleitung eingeschweißt.«

Der eine Schlauch ging von dem Zementmischerwagen mit dem Flüssigbeton ab, der andere führte Wasser zu. Beide waren mit Muffen an dem großen T-Ventil verbunden, von dem der dritte Schlauch wegführte, der einen Stock tiefer in die Löcher im Untergeschoss der Elbphilharmonie eingeführt wurde. Gestern nacht hatten sie drei von sieben Einfüllpunkten geschafft. Ion Barbu hatte ihnen erklärt, wie sie dem Flüssigbeton über das T-Ventil noch Wasser beimischen konnten, damit der Beton schneller ablief und kleinere Ritzen, Winkel und Hohlräume leichter füllen konnte. Eine ehrwürdige rumänisch-sozialistische Bautechnik, die der örtliche Geheimdienst Securitate beim Sturz des Ceaucescu-Regimes zu ihrer letzten großen Blüte gebracht hatte: Die Türen der Aktenarchiv-Lager wurden abgedichtet; durch ein Loch in der Decke wurde Flüssigbeton, der mittels Beimischung von Wasser über das T-Ventil die gewünschte Konsistenz erhielt, eingefüllt. Zusätzlich waren irgendwelche Härter beigefügt. Schon nach zwei Stunden war alles leidlich fest, nach zwei Tagen bestanden die Räume aus massivem Beton mit undefinierbaren Innereien aus festem Aktenpappmaché. Ion hatte es selbst gesehen. In Bukarests Präsidentenpalast gab es einen langen Kellerflur mit 30 Türen auf jeder Seite. Und wenn man sie öffnete, blickte man stets vollflächig auf massiven Beton.

»Ihr müsst genau das erreichen«, hatte Ion gesagt, »es geht darum, dass die Hohlräume im Untergrund am Ende vollständig verfüllt sind. Nehmt lieber etwas mehr Wasser als zu wenig.«

Dann hatte er sich Richtung Flughafen davongemacht.

»Es werden hohlraumfreie Verfüllungen erreicht, die im

verfestigten Zustand bodenähnliche mechanische und physikalische Eigenschaften aufweisen«, kommentierte Janosz.

»Ja, so ähnlich«, meinte Ion »aber richtet hier bloß keine Überschwemmung an. Wenn das Wasser oben aus den Löchern läuft, macht sofort Schluss.«

Vielleicht waren es andere Schläuche oder Ventile, vielleicht war rumänischer Flüssigbeton der Comecon-Zeit anders als sein deutscher DIN-Neffe – jedenfalls funktionierte die Beimischung von Wasser über das Ventil nicht besonders gut. Beton und Wasser mischten sich kaum; es klumpte und leckte, es blieben zwei Stoffe, die sich nicht gut zu vertragen schienen. Die erhoffte homogene Dünnflüssig-Pampe wollte sich nicht einstellen. Schließlich hatten sie zwei Hohlräume entdeckt, wo sie experimentieren konnten. Die besten Resultate erzielten sie, wenn sie zuerst Wasser einfüllten, danach den Flüssigbeton pur und anschließend noch etwas Flüssigbeton mit einer mittleren Wasserbeimischung zugaben, die sie vorher in einer Wanne verrührt hatten. Das zunächst eingeführte Wasser wurde dabei vom Beton wieder aus dem Hohlraum gedrückt, hatte sich aber meist auch an den Rändern und in engeren Spalten etwas mit Beton vermischt. Die letzte Dünnflüssigmischung sorgte dann dafür, dass am Ende alles leidlich verfüllt war. So jedenfalls das Versuchsergebnis bei kleinen Kammern von weniger als einem Zehntel der Größe der Kellerräume, die es zu füllen galt. Morcinek entschied, dass das genüge – so würde es gemacht.

Und so ging es heute abend weiter – Einfüllöffnung Nummer vier war an der Reihe. Der Praktikant war angesichts der Improvisationsleistungen des Teams seines Onkels deutlich ruhiger geworden. Gern hätte er gewusst, ob es für dieses Verfahren eine DIN-Norm gab, traute sich aber nicht zu fragen. Er hatte Morcinek und seine Kollegen noch nie etwas gefragt; als Student unter Arbeitern fühlte er sich fürs Erklären zuständig. In einer SMS von Kollegen war vor ein paar Wochen erstmals von »James DIN« die Rede; der Spitzname setzte sich langsam durch.

Der Grabwächter

Wir hatten etwas früher angefangen als am Tag zuvor und hatten die Pläne mit in den Gang genommen. Bevor es losging alles noch einmal abgleichen, um nicht noch mehr unnötigen Schutt und Lärm zu produzieren. Keine Frage, da war noch eine vermauerte Tür an der Ecke neben dem Zugang zum Champagnerkeller und gegenüber unserer hierher verbrachten Arbeitsausrüstung. Plan und örtliche Gegebenheiten stimmten zwar nicht völlig überein, doch Axel meinte, das sei ja meistens so und gab das Signal zum Durchbruch. Lundius junior schwang den Hammer, die Mauer war resistenter als die beim ersten Türdurchbruch, Putz platzte ab, etwa auf Brusthöhe wurden Ziegelsteine sichtbar, aber sie rührten sich nicht. Lundius junior machte eine Pause.

»Es ist so still hier« flüsterte Kathrin.

Wir guckten uns an. Sie hatte recht. Irgendwas war komisch. Alles was wir hören konnten, war ein entferntes Rauschen irgendwo über uns oder hinter den Kellermauern.

»Wieso explodieren keine Champagnerflaschen mehr?« fragte Kathrin.

Das war es – gestern hatte es im Champagnerkeller, der ja keine zwei Meter von uns entfernt und nun geöffnet war, noch in schöner Regelmäßigkeit geknallt. Heute noch kein

Mal. Kathrin war die drei Schritte zum Eingang des Champagnerkellers gegangen.

»Schaut doch mal.«

Acht Augen guckten überrascht auf eine Wasserfläche, die bis zur Höhe der obersten zwei Stufen, die in den Keller führten, den ganzen Raum bedeckte. Alle Regale mit den Flaschen unter Wasser. Deshalb explodierte nichts mehr. Im gegenüberliegenden Teil des Kellers fing irgendetwas an zu gluckern, es gab kleine Turbulenzen auf der Wasseroberfläche, die durch den ganzen Raum gingen. Ich hatte ein ungutes Gefühl, sagte aber nichts.

»Lass uns weitermachen, my turn«, sagte Axel.

Er fing an, die Mauer in der Tür des Nachbarkellers mit wuchtigen Vorschlaghammerschlägen zu traktieren. Diesmal im unteren Bereich, etwa auf Kniehöhe. Drei Steine fingen an sich zu lockern, durch die Fugen floss etwas Wasser in den Gang, Axel machte weiter. Die Steine schienen nun völlig lose, mehr Wasser floss. Axel versuchte, die Steine mit weiteren Hammerschlägen in den Raum hinter der vermauerten Tür zu befördern, ein Stein wanderte nach hinten, die beiden anderen losen Steine rutschten von einem Schwall Wasser durch die Wand gedrückt in den Gang. Mehr Wasser floss nach. Es verteilte sich rasch im Gang und den beiden übrigen Kellerräumen.

»Oh, oh« stöhnte Axel.

»Schaut mal« rief Kathrin erneut und zeigte wieder auf den Zugang zum tiefer liegenden Champagnerkeller.

Das Wasser dort bedeckte inzwischen alle in den Keller führenden Stufen und stand bis zur Höhe unseres Kellergangs, wo es sich mit dem frisch aus dem vermuteten Schatzkeller ausgelaufenen Wasser vermischt hatte. Durch das Loch in der vermauerten Schatzkellertür trat nun kein Wasser mehr aus; der Wasserstand im Gang hatte sich auf ein bis zwei Zentimeter eingepegelt. Für einen Moment sagte niemand etwas.

»Ich glaube es steigt weiter«, meinte Kathrin und zeigte in den Champagnerkeller aus dem ein leises aber stetiges Gluckern zu hören war.

»Jedenfalls schadet es nichts, wenn wir uns etwas beeilen«, entgegnete Axel und setzte der Mauer in der Kellertür wieder mit wuchtigen Hammerschlägen zu – nun auf Augenhöhe.

Vier, fünf, sechs und noch mehr Steine lösten sich und fielen mit Gepolter und Platschen in den hinter der Mauer liegenden Raum. Die Öffnung war groß genug, um den ersten Blick zu wagen. Ich reichte Axel meine Taschenlampe, er leuchtete durch die Öffnung, steckte seinen Kopf hinein, einen kurzen Moment herrschte Ruhe.

Dann ein lautes »AHRRRRGH!« von Axel.

Er zog seinen Kopf zurück, stieß dabei mit seinem Helm heftig gegen die Mauer am oberen Rand des Durchbruchs, schaute mich erschrocken an und reichte mir wortlos die Taschenlampe. Ich leuchtete schräg in die Öffnung, in die ich auch noch meinen behelmten Kopf zwängen musste. Der Raum hinter der Mauer mochte fünf bis sechs Meter tief und drei Meter breit sein. Im hinteren Teil unten eine merkwürdige dunkle Masse, auch hier an den Seiten Regale; auf den meisten standen etwa faustgroße Gegenstände aus einem hellen, etwas milchig aussehenden Material. Die Masse im hinteren Teil des Raumes schien sich zu bewegen. Ich hatte nun die richtige Position gefunden, um mit der Taschenlampe überallhin leuchten zu können und zugleich meinen Kopf weit genug in den Mauerdurchbruch zu stecken, um nach und nach den ganzen Raum zu begutachten. Lichtkegel und Blick wanderten in die Mitte des Raumes.

»AHRRRRRGH« – diesmal war ich es.

Ich schaute in die glasigen Augen eines spitzen Tiergesichts, das mich böse anfunkelte. In seinem Maul hing quer irgendetwas Lebloses – beim genaueren Hinsehen war es ein Fisch. Das böse Tier starrte weiter böse, es schien sich etwas zu bewegen, aber vielleicht kam die Bewegung auch von meiner Taschenlampe, denn meine Hände waren für einen Moment etwas zittrig.

»Was siehst Du denn?,« fragte Kathrin ungeduldig.

Inzwischen wusste ich, was mich anstarrte. Es handelte sich nicht um ein gefährliches Tier, sondern um eine Tierstatue. Dies war eine der Fischotter-Skulpturen von August Gaul, bekannte Bronzearbeiten des frühen zwanzigsten Jahrhunderts; das Tier stand aufrecht auf den Hinterpfoten, die Augen aus gefärbtem Glas, im Maul ein gefangener Fisch. Ich hatte die Skulptur auf einem der Fotos der Kronsmann-Sammlung gesehen und kannte eine ihrer Verwandten aus dem Garten der Liebermann Villa am Wannsee. Ganz klar: Wir hatten den Schatzkeller gefunden. Ich schaute weiter in den Raum, irgendwas war komisch. Der Fischotter schien langsam zu wachsen – aber das konnte nicht sein.

»Siehst Du das, was ich gesehen habe? Lebt es?«, fragte Axel.

»Nein, es lebt nicht«, konnte ich die anderen beruhigen und nach einer kleinen Pause sagte ich laut in die Runde: »Ich sehe wunderbare Dinge, ich sehe den Schatz.«

Bravo und Jubel bei meinen Kameraden, bis ich ergänzen musste:

»Aber vielleicht nicht mehr lange!«

Wasserströme

Ich hatte begriffen, was im Schatzkeller los war. Nicht die Statue wuchs, sondern der Keller schrumpfte. Die dunkle Masse im hinteren Teil stieg langsam an und bewegte sich dabei weiter in Richtung Kellereingang.

»Wir müssen uns beeilen«, rief ich und zog meinen Kopf aus dem Loch »der Schatzkeller läuft voll – mit Schlamm oder sowas«.

Ich trat drei Schritte zurück, stand neben Kathrin. Lundius junior und Axel griffen sich zwei Vorschlaghämmer, stellten sich rechts und links neben den vermauerten Durchgang und droschen nun mit schnellen Schlägen auf die Mauersteine ein. Es dauerte keine zwei Minuten mehr, bis der Zugang passierbar war und wir vier in der Schatzkammer standen, die wir mit unseren Gruben- und Taschenlampen ausleuchteten. Der Fischotter thronte einen halben Meter vor der Tür auf einem Hocker; so aufgestellt, dass er jeden Eindringling böse anguckte – der Grabwächter. Der Raum hatte etwa das Niveau des Gangs davor. Auch hier stand das Wasser inzwischen drei bis vier Zentimeter hoch. Durch unsere Schuhe wurde es nass.

Links im Gang ein Regal mit 40 bis 50 staubig – milchigen Gegenständen in Größe und Form einer Faust. Ich griff mir ein solches Ding, um es mit meiner Grubenlampe zu beleuchten; es war schwer, ich wischte Staub ab, hielt es hoch. Es war eine Büste, offenbar aus Kristall, das Licht ließ sie funkeln. Wir vier betrachteten das Kunstwerk: Eine Büste von Adolf Hitler.

»Igitt« rief Kathrin, Axel sagte »soso«, Lundius junior musste kichern und ich stellte das Teil neben seine Kameraden.

Alle sahen gleich aus. Reihen von Führerbüsten aus Kristall. Nach der Skulptur von Gaul eine Ernüchterung, aber im hinteren Teil des Raumes gab es weitere Regale, auf denen verpackte Gegenstände zu sehen waren. Doch dort gab es noch ein weiteres Problem, wie uns allmählich klar wurde.

»Das ist kein Schlamm, das ist Beton«, erklärte uns Axel und zeigte auf die wachsende graue Masse, die von hinten den Raum füllte und stetig weiter anschwoll. Sie hatte bereits die Spitzen von Axels Stiefeln erreicht.

»Da können wir keinesfalls rein« jammerte Kathrin »da kommen wir nicht wieder raus, ich will nicht einbetoniert werden.«

»So schnell gebe ich nicht auf. Ich habe ja für die Männer extra Gummistiefel mitgenommen und eine Rettungsleine« entgegnete Axel entschlossen.

Er machte drei schnelle Schritte in den Gang zu unserem Werkzeugdepot, raus aus den Schuhen, rein in die Gummistiefel. Lundius junior und ich taten es ihm gleich; im Gang stieg Kathrin ängstlich auf einen großen Werkzeugkoffer. Wasser stand überall, inzwischen um die fünf Zentimeter, beim Wechsel des Schuhwerks dementsprechend nasse Strümpfe für die Herren.

Drei Männer in sechs Gummistiefeln, wild entschlossen bedeutende Kunstschätze vor dem ewigen Grab in einem zubetonierten Keller unter der Elbphilharmonie zu bewahren. Lundius eilte als erster zurück in die Schatzkammer. Axels Handy klingelte – er gehört zu jenem auserwählten Volk, das auf magische Weise überall Handy-Empfang hat, was aber nicht automatisch bedeutet, dass man das klingelnde Handy auch gleich findet. Er suchte es in den Taschen seines Overalls, es waren viele Taschen. Ich folgte Lundius in die Schatzkammer.

Aus dem Champagnerkeller war jetzt ein lautes Gurgeln zu hören. Gleichzeitig schoss plötzlich ein breiter Wasserstrom die Treppe vom oberen Kellerzugang zu unserem Gang hinunter; im Seitenkeller, in dem der Abraum vom Freiräumen des Kellergangs verbracht worden war, krachte es und auch von hier strömte jetzt Wasser – vermischt mit Schutt – in den Gang, in den Champagnerkeller und in den Schatzkeller, wo die Betonmenge jetzt immer schneller wuchs. Axel hatte inzwischen seinen Handy-Anruf angenommen, er schien für einen Moment nicht wahrzunehmen, was um ihn herum vorging. Das Wasser rauschte, spritzte, tobte; Kathrin schrie. Ich musste an die Bibel in der Himmelfahrtkirche denken: »Herr, die Wasserströme erheben sich.«

Axel strahlte plötzlich und brüllte mir etwas zu, was ich nicht verstand.

»WAS?«, schrie ich.

»ES IST DEINE FRAU! DIE FRUCHTBLASE IST GEPLATZT! LISA SAGT, ALLES SEI GANZ NASS.«

In den Kellern brauste das Wasser an den verschiedensten Stellen. Ich verstand immer noch nicht, was Axel mir aus dem Gang zugebrüllt hatte.

»IST NOCH MEHR GEPLATZT?«, rief ich »ICH FINDE, ES REICHT SCHON!«

Ich bewegte mich aus dem Schatzkeller auf ihn zu, was etwas dauerte, denn die Sohlen meiner Gummistiefel steckten in flüssigem Beton und darüber stand Wasser, das schnell stieg.

»DU WIRST OPA!«

Ich hatte den Gang erreicht, die anderen ebenso. Das Wasser im Gang stand nun bei etwa 30 Zentimetern; an grauen Zementschwaden in der Brühe konnten wir sehen, das jetzt nicht mehr nur Wasser aus dem Schatzkeller in den Gang und in die Nebenkeller vordrang. Beim Gehen fühlten wir durch die Gummistiefel, dass unter dem Wasser der Beton weiter angestiegen war und es hatte nicht den Anschein, dass er damit aufhören wollte. Das Brausen war in ein Rauschen übergegangen, da einige der Wasserzuflüsse jetzt unter dem aktuellen Pegel lagen, der zügig weiter anstieg.

»Wenn Dein Enkelkind noch seinen Opa ärgern will, sollten wir jetzt schnellstens abhauen«, meinte Axel.

Und das taten wir.

***

Die Verfüllung von Bohrloch Nummer vier hatte viel mehr Beton verbraucht, als sie geplant hatten. Sie hatten gepumpt, gepumpt und gepumpt. Schließlich war der Mischer leer. So etwas passiert natürlich immer, wenn man sich gerade eine wohl verdiente, kleine Verschnaufpause gönnt. Alle hatten den von Morcineks Bruder in Polen selbst gebranntem Vodka probiert. Ein göttlicher Trunk. Sie hätten noch Beton vom zweiten Laster pumpen können, aber für dessen Inhalt waren die Schläuche schon zu den Löchern fünf und sechs verlegt. Es hätte sie weit mehr als eine Stunde gekostet, die Schläuche dort abzubauen, zu Loch vier zu bringen, dort fertig zu verfüllen und die Schläuche dann wieder bei den Löchern fünf und sechs zu installieren.

Morcinek hatte auf das T-Ventil gezeigt: »Wasser für Loch vier. Viel Wasser, bis alles voll ist. Und mit Druck, damit es sich mit dem Beton vermischt.«

James DIN verkündete sehr bestimmt: »Das wird sich NICHT mit dem Beton vermischen!«

Morcinek sagte laut zu seiner Truppe: »Viel Druck! Mehr Druck!«

***

Als der Schlauch schließlich zugedreht wurde, stand zwischen dem Beton und der Decke des Kellergeschosses etwa ein halber Meter Wasser. Das Wasser überlegte, ob es mit dem Beton eine Verbindung eingehen sollte, fand das aber schwierig und auch nicht sonderlich attraktiv. Und während das Wasser noch weiter überlegte, was es machen sollte, floss es bereits durch Ritzen und Fugen abwärts und seitwärts in Richtung Untergrund und Elbe, bis auf dem Beton im Keller nur noch ein paar Pfützen standen. Es fand Wege, die schon länger da waren und Wege, die ablaufendes Wasser der vergangenen Nacht geschaffen hatte. Unterwegs traf es Wasser, das in dieser Nacht noch durch andere Löcher im Kellerboden der Elbphilharmonie gepumpt wurde.

Alles gluckerte fröhlich und wo es ging, spülte man Sand mit sich Richtung Fluss. Sand ist gern in Bewegung. Der Untergrund wurde nachgiebiger. Regenwasser und Wasser vom Bau der kommenden Monate würden freudig weitermachen. Der Beton in den Kellerräumen machte sich ans Aushärten.

Weiterer Beton

Frau Schumann-Steigbert hatte bei der für die Großsponsoren angesetzten Präsentation zu den Baufortschritten den Teil »Kosten« übernommen. Vortrag und Diskussion im Sitzungsraum der Bauleitung hatten länger gedauert als erwartet, waren aber in freundlicher, sachlicher Stimmung verlaufen. »Der Neue«, wie ein aus Berlin kommender Großsponsor in der Stiftung Elbphilharmonie insgeheim genannt wurde, hatte gefragt, was es mit der Kostenposition »Weiterer Beton« auf sich habe – jetzt, wo es doch nur noch um die Fertigstellung des Innenausbaus ging. Alle anderen waren hungrig, leises Murren, der Abend war schon fortgeschritten. Dankbares Raunen, als der Architekt Michael Hintze die Frage mit einer knappen fachchinesischen Erklärung beantwortete, die niemand verstand, die aber jede Lust auf weiteres Nachfragen zuverlässig abtötete. Die letzte Phase des Baus verlief im Wesentlichen nach Plan. Schließlich waren alle zufrieden.

Die Küche im ›Deichgraf‹, einem gutbürgerlichen Restaurant in der historischen Deichstraße, zehn Minuten Fußweg vom Elbphilharmonie-Bau entfernt, hatte auf die noble Gesellschaft gewartet: geselliger Ausklang zu später Stunde. Matjestartar vorab und dann Pannfisch oder Labskaus; alles trank gezapftes Bier, selbst die maskuline

Weinkenner- und die feminine Weinschorlenfraktion. Frau Schumann-Steigbert mochte die hellgelben Tapeten und die etwas kräftigeren gelben Vorhänge als Kontrast zum dunklen Getäfelten; aber die goldene Gardinenstange – nun ja, das ging dann doch eher in Richtung ›schwerzusagen‹.

Die Kronsmann-Brüder und andere Sponsoren saßen glücklicherweise nicht am Tisch der Oberamtsrätin, sondern am Nebentisch. Heinrich und Johann hatten sich mit ihr vor der Sitzung getroffen, und sie hatten eine Liste von weiteren privaten Förderzusagen über einen beeindruckenden Millionenbetrag mitgebracht. Frau Schumann-Steigbert war froh gewesen, dankbar, beeindruckt – bis ihr beim Lesen der Spendernamen aufgefallen war, dass sie alle von der Liste der Steuersünder-CD kannte. Sie hatte an die Szene in einem Mafia-Film gedacht, als der Pate dem Bürgermeister einen Briefumschlag überreichte, und wieder dieses flaue Gefühl im Unterbauch bekommen. Sie hatte die Liste zurückgegeben, nur kurz »danke, ich muss jetzt aber noch schnell ein paar Korrekturen an meiner Präsentation machen«, gesagt und die Kronsmänner stehen gelassen.

Tischnachbar der Oberamtsrätin war der charmante Lundius senior, der mit den Kronsmanns gekommen war. Er konnte nicht nur über Gärten und Pflanzen erzählen, sondern war offenbar auch belesen, konnte ganze Sätze aus Heinrich Manns ›Untertan‹ zitieren. Frau Schumann-Steigbert musste dabei an ihren früheren Vorgesetzten in der Finanzbehörde denken, aber sie hatten auf Lundius' Bitten verabredet, nicht über Steuern und Finanzämter zu reden. Als Quasi-Kulturschaffende hatte sie ohnehin kaum Interesse mehr an diesen Dingen. Zwar nagte die Sache mit den Steuersünder-Sponsoren an ihr, aber darüber konnte sie mit niemandem reden. Was ihr mehr und mehr Sorgen machte, war die Frage nach ihrer Aufgabe, wenn die Elbphilharmonie fertig war. Ihr Job wäre dann im Wesentlichen erledigt. Sie würde gern in der Kulturbehörde bleiben; alle dort hatten irgendwie mit Kunst zu tun, das mochte sie. Sie müsste bessere Beziehungen zu einflussreichen Kollegen aufbauen, das würde helfen, war aber nicht einfach. Soviel hatte sie schon verstanden.

Während ihrer Karriere beim Finanzamt gab es innerhalb der Behörde viel Anerkennung; im Privaten war ihr Beruf aber eher etwas, das man ungefragt besser nicht erwähnte. Nun war es umgekehrt. Als Herrin über die Finanzen für die Elbphilharmonie wurde sie überall geachtet, hofiert und bewundert – nur nicht von den kulturschaffenden Kollegen. Dort galt sie als eher lästiges Übel, knickerig und ohne Sinn für die Bedeutung der Künste und das Große Ganze. Sie hatte vorsichtig versucht, sich den Kulturkollegen privat zu nähern, aber schnell gemerkt, dass sie in diesen Kreisen nur willkommen war, wenn vermutet wurde, dass sie vielleicht öffentliche Mittel für künstlerische Extrawürste locker machen könnte. Privat mit einem renommierten Partner aus der Kunstszene liiert zu sein, würde sicher helfen, aber woher nehmen?

Aktuell gab es da nur Lundius, der in Sachen Kultur nicht sonderlich präsentabel war, aber nicht locker ließ. Er schien aufrichtiges und nachhaltiges Interesse an ihr zu haben und sie fing an, sich die Sache zu überlegen. ›Elisabeth Lundius‹ – das klang nicht schlecht, und damit würde zumindest der so anhängliche Steigbert in ihrem Nachnamen endlich verschwinden. Und Lundius war ein Schatz und Gentleman. Vielleicht sollte sie einfach mal mit ihm schlafen; aber sie wusste nicht, wie sie so etwas in die Wege leiten sollte, ohne dass es peinlich würde. Für die Karriere in der Kulturbehörde wäre es eher ein Schritt in die falsche Richtung: Die Oberamtsrätin verheiratet mit einem Steuerberater und Hobby-Gärtner? Aber vielleicht ließ sich mit seiner neu entdeckten literarischen Neigung etwas anfangen. In den sozialdemokratisch dominierten oberen Verwaltungsebenen war Heinrich Mann ja auch der richtige Mann.

Als Pannfisch und Labskaus serviert wurden, klingelte Heinrich Kronsmanns Handy. Die Oberamtsrätin sah von der Seite sein angespanntes Gesicht und hörte nur, wie er laut »Flüssigbeton?« rief, bevor er mit seinem Bruder den Raum verließ. Als sie wieder an den Tisch kamen, wirkte Heinrich ernst, Johann lächelte.

***

Axel hatte erst Heinrich Kronsmann berichtet, dann mit Johann gesprochen und dann noch einmal mit Heinrich. Dabei hatte er auf Lautsprecher gestellt, ich hatte mitgehört.
»Wirklich keine Chance?«
»Ich denke nicht« erläuterte Axel »der ganze Keller ist voll: erst das Wasser, dann der Beton. Ich habe noch mit Herrn Barbu telefoniert. Er meint, morgen ist alles fest, wie … na eben wie Beton.«
Heinrich hatte nichts gesagt, Johann wollte Axel noch kurz sprechen. Er bedankte sich, lobte den Einsatz des

Teams, er solle mich herzlich grüßen und schließlich meinte Johann:

»Ich finde, das ist nicht das schlechteste Ende dieser unschönen Geschichte. Das war Gottes Wille und es ist ein gnädiger Wille.«

Axel machte ein Geräusch, das wie ein Grunzen klang. Ich hatte keine Einwände. Johann Kronsmann schien sich mit dem katastrophalen Ausgang der Schatzsuche und Gottes Willen gut zu fühlen. Ich war nach dem Kellerdrama ziemlich durcheinander, ohne aber recht zu wissen, wie es mir dabei ging. Nun tat ich es Johann Kronsmann gleich. Ich fügte und entspannte mich; bei mir funktionierte es auch ohne göttlichen Beistand.

***

Heinrich hatte im Taxi zum Mühlenberger Weg keinen Ton von sich gegeben. Johann hatte die ganze Zeit leise gesummt. Es sollte wohl ein Choral sein, vermutete Heinrich zunehmend gereizt.

Als sie angekommen waren, sagte sein Bruder: »Ich habe Dich so etwas noch nie gefragt – aber wollen wir nicht vielleicht zusammen beten?«

Heinrich riss sich zusammen, und presste nur ein »keine Zeit« durch seine fast geschlossenen Lippen. Er ließ seinen Bruder an der beleuchteten Eingangstür stehen und ging seitlich am Haus in den Garten. Die Swimmingpoolpumpe gluckerte friedlich und gleichmäßig vor sich hin, Heinrich versuchte sich zu beruhigen, was ihm nicht gelang. Erst die Millionen für die Steuer-CD und nun noch der familiäre Kunstschatz im ewigen Betonsarg verschwunden. Der zweite Schaden lag bestimmt im zweistelligen Millionenbereich. Das war hart. Und auch sonst: Nichts wollte mehr richtig gelingen, sein Bruder wurde immer wunderlicher und er fühlte sich immer öfter steinalt.

»Bin ich steinalt?« sprach er zu sich selbst.

»Ja, Liebster« flüsterte Frau Severin, die Heinrich am offenen Fenster ihrer kleinen Einliegerwohnung im Obergeschoss der Villa beobachtete. Sie rauchte eine Zigarette. Sie rauchte schon seit 50 Jahren – heimlich – und fragte sich wieder einmal, ob das tatsächlich so unbemerkt geblieben war, wie es bis heute schien.

An der Hauswand sah Heinrich Kronsmann im schwachen Lichtschimmer der Poolbeleuchtung eine Kabeltrommel, daneben ein kleiner Tisch, darauf die neue, kleine elektrische Motorsäge, die Lundius gekauft hatte. Eigentlich sollte so etwas über Nacht weggeschlossen sein.

»Unser Gärtner wird anscheinend vergesslich« murmelte Heinrich böse.

Er nahm die Säge und das Kabelende und ging damit zum prächtigsten Rhodoendron des Gartens, der knapp 20 Meter entfernt war und die Ausmaße eines stattlichen Geländewagens hatte. Neben ihn rollte das Kabel mit dem Stecker von der Trommel ab. Der Mond beleuchtete die Szene. Heinrich Kronsmann schloss den Strom an die Säge an, stellte sich mit leicht gespreizten Beinen aufrecht hin, hob die Säge wie ein Schwert kurz senkrecht über seinen Kopf, schaltete sie an, ging mit einer für sein Alter erstaunlich agilen Bewegung in die Knie und sägte dann mit viel Lärm unter fröhlichem Kichern sämtliche Äste des großen Gewächses kurz über dem

Erdboden ab. Es dauerte etwa fünf Minuten. Danach stand er wieder auf, betrachtete sein Werk und sprach zu sich:

»Jetzt geht es wieder. Es musste ja immer gehen und jetzt eben auch.«

Frau Severin klemmte ihre Zigarette in den Mundwinkel und applaudierte, leise genug dass er es nicht hörte.

Dann brachte Heinrich sein Werkzeug wieder zurück und dachte fröhlich darüber nach, was wohl morgen der gute Lundius zu dieser Szenerie sagen würde. Eigentlich hatte ja er Schuld, wenn er die Motorsäge hier draußen liegen ließ. Da gab es einiges zu diskutieren. Seine Gärtner-Diskussionen mit Lundius waren viel schöner als die früheren Diskussionen mit dem Steuerberater Lundius. Heinrich freute sich jetzt auf den nächsten Tag.

No If today

Ich hatte am Tag nach unser gescheiterten Schatzbergung noch ein paar dringende Dinge im Büro zu erledigen, ein weiterer Urlaubstag im schwarzen Loch der Unaufschiebbarkeiten verschwunden. Doch dann Sanary und noch gut zwei Wochen bezahlter Resturlaub in der Villa. Axel hatte am Tag zuvor den letzten Platz Hamburg-Nizza ergattert und sollte dort von Conrad abgeholt werden. Ganz ohne mich schien es aber nicht zu gehen.

Axel war am Flughafen Nizza nach der Gepäckausgabe vom Zoll herausgewunken worden. Man bat ihn, seinen Koffer zu öffnen. Das erste, was den drei Beamten in die Hände fiel, war eine Flasche Champagner in einer gefütterten, orangefarbenen Veuve-Clicquot–Kühlumhüllung. Als der jüngste Beamte die Flasche schwungvoll hochnahm, um sie zu begutachten, trat Axel einen schnellen Schritt zurück und hob beide Hände vor sein Gesicht. Die beiden anderen Zöllner griffen reflexartig an die Griffe ihrer Pistolen. Es gab einen Knack, die Flasche zerbrach in ihrem Champagnermantel, und ein dreiviertel Liter 200 Jahre alter Veuve Clicquot lief durch dessen Nähte auf den Boden. Kurzes Erschrecken, dann hatte sich die Situation wieder entspannt.

»Pardon«, sagte der Senior-Zöllner. Axel wischte sich die Stirn und trat wieder an seinen geöffneten Koffer heran.

»Das macht doch nichts; sowas passiert eben,« nuschelte ein etwas blasser Axel.

Zwischen mehreren Hawaii-Hemden, T-Shirts, einem Kulturbeutel aus Krokodilleder und sechs Paar Badelatschen stieß der junge Zöllner dann auf ein festes, faustgroßes Etwas, das in Boxershorts eingewickelt war. Er nahm das Etwas aus dem Koffer, befreite es von der Unterwäsche und schaute auf Axels zweites Mitbringsel von unserer Kellermission, eine der Hitlerbüsten aus Kristallglas. Durch ein Fenster der Zollstube fiel ein Sonnenstrahl, brach sich im Auge des Führers und warf regenbogenfarbene Flecken an die Decke. Der junge Zöllner betrachtete das Kunstwerk eingehend, dann Axel fragend und meinte auf deutsch (mit französischem Akzent) »Soso«.

»Was ist das?«, fragte der Senior-Zollbeamte.

Das war der Moment als Axel bat, seinen Anwalt anrufen zu dürfen, und so geriet ich als juristischer Telefonseelsorger in das Geschehen.

»Gib mir mal den Chef« – Axel gab, ich sprach mit dem ›Agent des Duanes‹, stellte mich als deutscher Vorsitzender der ›Wahren Nationalisten‹ vor, von denen der Beamte doch sicher schon gehört habe – »mais oui« – und erklärte ihm, Axel hätte ein persönliches Geschenk für Marine Le Pen dabei – und ob es damit irgendwelche Probleme gäbe? Axel berichtete mir später, der Beamte habe plötzlich Haltung angenommen, seinen Kollegen nur ein »cadeaux pour Marine« zugeraunt, und dann konnte Axel gehen. Draußen fiel er Conrad in die Arme und drückte ihm die kristalline Führerbüste in die Hand, die inzwischen im Backkofen der Ferienvilla lagerte. Die Damen hatten gegen den Platz auf dem Kühlschrank protestiert, und noch hatte niemand einen konsensfähigen Standort für den gläsernen Atsche gefunden.

Ich kam am folgenden Tag wieder über Brüssel und dann nach Marseille. Brussels Airlines sah in mir noch immer einen ›frequent traveller‹ (nach den letzten Tagen auch mit zunehmender Berechtigung), was mir großzügigen Fußraum und ein beeindruckendes Angebot an flämischen Tageszeitungen bescherte, von denen ich Axel die zwei buntesten mitnahm. Er konnte ja niederländisch, wie ich unlängst erfahren hatte. Mein Miet-Peugeot befand sich in den Händen von Genoveva, Conrad und meiner Frau Lisa, die gestern mit Axels Noch-Christina zum Rest der Truppe in die Provence vorgestoßen war. Ich mietete am Flughafen einen kleinen Citroen mit großem Faltdach, kämpfte mich frohgemut durch Marseilles Feierabendverkehr und jetzt, jetzt endlich bog ich in die Zufahrt zum Ferienhaus ein.

Genovevas Landyacht war unübersehbar zurückerobert worden und blockierte hinter Axels Smart stolz die Zufahrt. Mein Rollkoffer und ich passten aber noch durch, als ich aus dem Haus ein Schlagzeug und Axels laute Rufe hörte: »Hey ho, let's go! Hey ho, let's go!« dann E-Gitarren, Gesang und schließlich wieder Axel über allem: »The kids are losing their minds, the Blitzkrieg Bop!« Axel im Ramones-Fieber, kein Zweck zu klingeln, ich hatte ja noch meinen Schlüssel. Axel stand am Tresen der Wohnküche, stampfte mit den Füßen und hackte im Rhythmus des Songs Paprika in kleine Stücke. Als er mich sah, war gerade wieder »Hey ho, let's go!« dran. Axel versuchte sich an einer Falsetto-Oberstimme, griff mit rechts nach meinem Rollkoffer, warf das linke Bein hoch, schob den Koffer mit drei ruckartigen Bewegungen drunter durch, kippte ihn mit einem kleinen Stoß, fing den Griff mit der Linken ab – »the Blitzkrieg Bop!«

»Lukas Timm, bienvenue mon Géneral!«, rief er, stellte die Musik leise, salutierte und lachte. »Der Rest der Bagage ist in Marseille, mach es dir gemütlich. Campari ist alle, aber unsere Kameraden waren gestern in Cassis. Heute gibt es Kir.«

Ein Empfang nach meinem Geschmack.

Auch hier war die Welt nicht stehengeblieben. Genoveva, entschlossen ihr Wohnmobil nicht kampflos aufzugeben, hatte mit Lisa in Aix den zuständigen Staatsanwalt ausfindig gemacht, und sie waren kurzerhand in sein Büro spaziert. Der junge Mann, Anfang dreißig, frisch auf dem Posten, hatte die beiden Damen erstaunt angesehen. Doch er konnte fließend deutsch, hatte zwei Semester in Göttingen studiert, und als Genoveva ihm die automobilistische Landyacht-Tragödie schilderte, schlug seine Verwunderung in Amüsement um. Als er schließlich erfuhr, dass ihm die junge Witwe des alten Schlüterwerke-Schlüter gegenübersaß, dazu noch in Begleitung einer Künstlerin und Gattin eines promovierten Rechtsanwalts, war der Fall gelöst. Die Ingenieurs-Diplomarbeit der Frau des Procureur de la République war vor ein paar Jahren von den Schlüterwerken gesponsert worden. Der Staatsanwalt und seine Frau hatten den alten Schlüter und auch Genoveva auf einem Empfang für die Stipendiaten noch persönlich kennengelernt (der Staatsanwalt war sich bezüglich dieser ersten Bekanntschaft mit Genoveva zwar nicht ganz sicher, aber ihr zielsicheres Insistieren schien seiner Erinnerung zu helfen).

Der Procureur ließ es sich nicht nehmen, Genoveva und Lisa in der Landyacht persönlich nach Sanary zu chauffieren, gefolgt von einer großen dunkelblauen Dienstlimousine, die ein uniformierter Gendarm fuhr, um seinen Chef später wieder zurückzubringen.

»Die Aktion war hoheitlich, französisch, vornehm und lässig zugleich – Stil, Stil, Stil. Der Chef ließ sich leicht überreden, zum Abendessen zu bleiben. Du hättest mal unsere Damen sehen sollen – Schmelzdahin bis zum Abwinken.«

Der Chauffeurgendarm musste draußen bleiben. Lisa versorgte ihn dort; sie konnte ihn nicht dazu bewegen, hereinzukommen und sich an einen Tisch mit dem Chef und den anderen illustren Persönlichkeiten zu setzen.

»Die Franzosen, wissen, was sich ziemt«, grinste mich Axel an, »ich habe den charmanten Ankläger mit ›Monsieur le Procureur‹ angesprochen; unsere Damen waren schnell beim ›Gérard‹, und zu Genoveva hat er immer ›Madame Genevieve‹ gesagt. Ein wundervoller Abend.«

Wir saßen auf der Terrasse, lauschten dem Swimming-Pool-Gluckern, nippten am Kir und ich malte mir den gestrigen Sommerabend mit meinen Leuten und dem Staatsanwalt aus, als mein Blick auf einen großen, aufgeklappten Laptop fiel, der neben meinem Platz auf dem Terrassentisch stand. Der Bildschirm zeigte Zahlenkolonnen und Tabellen, daneben lag ein aufgeklapptes Buch, Thomas Manns ›Buddenbrooks‹.

»Tja, Jerusalem hat bei Conrad keine spürbaren Schäden hinterlassen, aber Sanary scheint ihn erwischt zu haben.«

Unser Wirtschaftsprüfer reiste mit Thomas Manns Buch über die Lübecker Kaufmannsfamilie, legte es kaum noch aus der Hand und versuchte gerade, die Buddenbrook'sche Firmengeschichte in Bilanzen nebst Gewinn- und Verlustrechnungen zu erfassen.

»Schau mal hier: Umrechnungskurse für Kurantmark, Mecklenburger Getreidepreise aus dem 19. Jahrhundert und solche Dinge. Er will dazu einen Aufsatz in einer Fachzeitschrift für Wirtschaftsprüfung veröffentlichen und hofft auf irgendeinen Preis für sensationelle Entdeckungen im kaufmännischen Rechnungswesen.«

Noch fehlende Daten wollte Conrad durch möglichst textnahe Auslegung des Werks ermitteln. Und wo das nichts mehr nützte, sollten Annahmen die Lücken stopfen.

»So ist das Sitte bei den Wirtschaftswissenschaften. Dazu gibt es komplizierte Formeln und dann steigt die Kurantmark … oder der Dollar fällt … hat Conrad gesagt.« Ganz sicher war sich Axel nicht mehr.

»Wir sind wieder da. No If today!«

Wir hörten Genoveva von der Haustür rufen, Schritte, Poltern – die Herde war eingetroffen. Ich herzte meine liebe Lisa, verteilte französische Begrüßungsküsschen an den Rest. Sie waren früher als geplant aus Marseille zurück. Die Bootstour zum Chateau d'If, der legendären Gefängnisinsel von Dumas Grafen von Monte Christo, war wegen stürmischer See gestrichen.

»No If today« stand für die Engländer auf dem Zettel am Kartenhäuschen, berichtete eine begeisterte Genoveva.

Die Ausflügler hatten Baguettes mitgebracht, Axels Grill-Vorbereitungen waren hinreichend fortgeschritten, wir stellten den großen Tisch auf der Terrasse voll gutes Essen und Wein und Wasser, es wurde angefeuert, getrunken, bald auch gegessen, geplaudert, gelacht. Lisa berichtete ausführlich über unsere neue Erstenkeltochter, die Geburt in allen Höhen und Tiefen, Fotos. Wenn sie die Augen offen hatte, sah die Enkelin reizend aus; mit geschlossenen Augen ähnelte sie dem früheren Sovietführer Chrustschov.

»Wie heißt sie denn?« fragte mich Axel.

»Isabelle.«

»Isabelle du Jour« bemerkte mein Freund, was ich nicht witzig fand. So spricht man doch nicht über meine Lieblingsenkelin – Großvaterinstinkte? Ich hatte schon mit Tochter und Schwiegersohn telefoniert; sie befanden sich aktuell in verwandtschaftlichem Belagerungszustand. Lisa und ich konnten getrost unseren Urlaub im Midi beenden. Wir waren die ersten Großeltern der Sanary-Tafelrunde, und alle nahmen interessiert Anteil. Doch irgendwer fehlte.

»Wo ist Shlomo?«, fiel mir plötzlich ein.

»Nebenan«, antwortete Genoveva.

»Wieso nebenan?«

Christina klärte mich auf. Shlomo hatte zwei Tage zuvor den Sohn der Vermieter-Nachbarin beim Entsorgen der Abfalltüten getroffen und war von ihm freundlich in die Geheimnisse der provencalischen Mülltrennung eingewiesen worden. Wegen Shlomos nur eingeschränkten Französischkenntnissen waren dazu diverse Gesten und Blicke nötig, und plötzlich lagen sich die zwei in den Armen. Nach einer knappen Stunde machten sich die anderen Sorgen und suchten ihn, nach zwei Stunden kam Shlomo in derangiertem Zustand wieder, umarmte Conrad, nahm ihn beiseite, sprach kurz mit ihm, holte seine Sachen, lieh sich von Conrad (zu dessen Verwunderung) noch Taucherbrille, Schnorchel und Flossen aus und zog zu seiner neuen Flamme in die Nachbarvilla. Die Mutter war nach Paris gefahren, der Sohn sollte das Haus hüten, was er sehr ernst zu nehmen schien; das junge Paar hatte das Gebäude seit dem folgenschweren Mülltrennungstreffen bis jetzt nicht verlassen. Doch nun hörten wir vom nachbarlichen Swimmingpool Platschen, Prusten und Lachen.

Mir war nach Conradtrösten. »Vielleicht hilft eine Paartherapie?«

»Nun mal halblang, mein lieber Lukas, schließlich ist Shlomo ja selbst Paartherapeut, der dürfte gegen so etwas immun sein«, wies mich eine überraschend empörte Genoveva zurecht.

Sie saß neben Conrad, der unsicher, aber nicht betrübt wirkte. Genoveva hatte ihre Hand auf seine gelegt. Ab sofort Zurückhaltung in Liebesdingen anderer Leute, gebot ich mir. Axel und Christina saßen nicht nebeneinander, sondern einander gegenüber. Axel hatte Drinks und Sprüche auf Axelminus-X-Niveau heruntergefahren, blickte häufig zu seiner Noch-Frau, aber das Eis war erkennbar noch nicht gebrochen.

»Ich habe ihr nicht erzählt, dass ich dabei war, als die Bauhaus-Grafiken einbetoniert wurden«, hatte mir Axel zugeraunt, »alles, was ich jetzt anbieten kann, sind Benimm, Charme und die richtigen Themen.«

Ich fand, er machte das nicht schlecht – keine Spannungen am Tisch, Steaks, leichte Gespräche über gegenwärtige und zukünftige Enkelkinder und ortsbedingt über Literatur, dazu Salate, Brot und Wein. Irgendwann kamen Teelichter auf den Tisch, zwei kleine Terrassenlampen und die Poolbeleuchtung sorgten für weiteres Licht. Zeit für ein gutenachtliches Bier, dachte ich, leichter französischer Stoff und sehr kalt getrunken, wie es hier Sitte war. Ich machte mich auf den Weg in die Küche.

»Die Kühlschrankbeleuchtung geht immer noch nicht«, rief ich Richtung Terrasse.

»Stimmt«, hörte ich von Axel, der aufstand und mit einer Taschenlampe zu mir kam.

Er öffnete die Kühlschranktür weit, so dass wir beide hineingucken konnten, und richtete das Licht auf die Kühlschrankleuchte. Ich konnte sehen, dass die transparente Kunststoffabdeckung der kleinen Lampe ein Loch hatte.

Und in dem Loch steckte eine Revolverkugel.

Axel sagte nichts und leuchtete auf die gegenüberliegende Innenwand des Kühlschranks, wo ich eine kleine Stelle entdeckte, die mit weißer Plastikspachtelmasse zugestrichen war. Axel tippte mir auf die Schulter, ich richtete mich auf und folgte dem Schein seiner Taschenlampe, die nun zur Außenwand des Küchengeräts wanderte. Dort befand sich ein Kühlschrankmagnet mit einer Abbildung der schwedischen Königsfamilie, den Axel nach unten schob, bis ein kleines rundes Loch sichtbar wurde.

Ich schaute ihn verblüfft an.

»Ich war das nicht; das musst Du mir glauben!«, flüsterte mein Freund »wahrscheinlich gibt es irgendwo in einer anderen Dimension einen Parallel-Axel oder sowas.«

»Und der kann besser schießen«, flüsterte ich zurück »durch dieses Loch kam sicher kein Licht nach draußen – jedenfalls nicht lange.«

»Bloß kein Wort zu Christina.«

Gegen Ende des Abends verabschiedete sich Christina

in ihr Zimmer im ersten Stock, Axel nahm stoisch und klassisch die Couch im Wohnzimmer, für Lisa und mich war das kleine Zimmer unterm Dach bestimmt. Genoveva nahm Conrad bei der Hand, der schüchtern um sich gucken wollte, schaute ihm in die Augen, zog ihn Richtung Treppe und sagte: »No if today!«

Irgendetwas hatte mich aus dem Schlaf gerissen. Ich blinzelte zum Wecker, kurz nach vier Uhr früh. Da hörte ich es wieder, nah und laut »Allahu Akkbar«, dazu bimmelte eine hohl scheppernde Glocke und noch einmal »Allahu Akkbar«. Ich ging zum Fenster. Auf dem von einer kleinen Mauer umrandeten und einer hellen Gartenlampe beleuchteten Dach des Turmzimmers der Nachbarvilla sah ich Shlomo, der – die Hände zu einem Trichter geformt – den Propheten pries. Neben ihm stand ein junger Mann, der mit einer großen Kuhglocke lärmte, Shlomo auf die Backe küsste und ihm einen brennenden Joint reichte. Der Paartherapeut saugte herzhaft, bevor er nochmals das Lob des Propheten anstimmte, bis die zwei kichernd in die Knie gingen und schließlich im Liegen, nunmehr still, ihr Rauchwerk vollendeten. Abgesehen von gelben Signalwesten, Flossen und Taucherbrillen, die sie in die Stirn geschoben hatten, waren die Herren unbekleidet. Die Hunde der Nachbarschaft kommentierten das Ereignis lautstark, doch nach ein paar Minuten war wieder Ruhe eingekehrt. Ich ging zurück ins Bett, kuschelte mich an meine Frau und küsste sie zwischen die Schulterblätter.

»Bist du wach?«

»Wuff«, antwortete Lisa.

8. Teil

»*Ich bin noch niemals so froh gewesen, nach Travemünde zu kommen*«, sagte Vera zu Thomas.

Es lagen mehr als 70 Jahre zwischen ihrer letzten Umarmung und diesem januarkalten Spaziergang am Ostseestrand. Sie beide um die 90, sodass es nur ein kurzer Weg wurde, aber er reichte, um das Nötigste zwischen ihnen zu klären, und das war genug.

»*Und hattet ihr drei Spaß dabei?*«

»*Ich denke schon*«, meinte Thomas.

»*Ich hatte damals jedenfalls mein Vergnügen bei so etwas*«, meinte sie.

Thomas schaute Vera verblüfft an.

»*Nun guck nicht so wie ein Auto. Es war 1945. Die Hälfte der jungen Männer waren weg, vor allem du. Da mussten wir Mädels halt zusehen, wo wir blieben. Und die Hälfte der alten Sitten war auch zum Teufel, Gott sei Dank. Das machte vieles leichter in dem ganzen Schlamassel.*«

Die Götter freuten sich.

Grandchildren's Emergency Fund

Veras Enkel spielte ein Album mit frühen Benny Goodman-Aufnahmen; als Vera und Thomas von ihrem Ostseespaziergang zum alten Häuschen der Familie zurückkehrten lief ›Six flats unfurnished‹. »Ich denke, dieses Tempo schaffen wir heute nicht mehr, meine Liebe«, sagte Thomas freundlich zu seiner Begleiterin. Morten, nett, Arzt, Sozialdemokrat und in siebter Generation Bewohner des familieneigenen Hauses des früheren Travemünder Lotsenkommandeurs, hatte den kleinen Ofen im Wohnzimmer angeheizt. Kaffee, Kekse, Marzipankartoffeln. Eigentlich hatten sie sich alle bereits Silvester treffen wollen, aber Vera war krank geworden, und so hatte sich der Besuch um ein paar Tage verzögert. Trotzdem war es eine feierliche Stimmung. Morten und Henk Boomtsma, ein Freund, der mit Großmutters Jugendliebe Thomas gekommen war, hatten sich schon eine Weile unterhalten, am Gastgeschenk genippt und das ›Du‹ beschlossen. Morten schenkte nun auch den Spaziergängern von dem alten Cognac ein, als Handschuhe, Mützen und Mäntel abgelegt waren. Henk hatte Morten interessiert zugehört, als der über die Übel des Finanzkapitalismus referierte, und Morten hatte Henk höflich zugehört, als der von positiven Auswirkungen feindlicher Firmenübernahmen sprach. Sie verstanden nicht, was der andere meinte, aber sie mochten sich. Henk hatte vor langer Zeit mit Thomas bei der Caisse Sully zusammengearbeitet, damals junger Kollege, inzwischen hatte er die sechzig auch schon länger hinter sich gelassen. Er kümmerte sich neben seinen eigenen Geschäften um die Vermögensangelegenheiten seines früheren Vorgesetzten. Thomas hatte ihn auch als seinen Testamentsvollstrecker eingesetzt.

»Bevor wir die Ausstellung beginnen, solltest du, lieber Thomas, Morten erzählen, wieso du 1945 verschwunden bist«, begann Vera den offiziellen Teil des Besuchs. »Ich habe deinen Großvater sehr geliebt,« wandte sie sich an Morten, »aber in unserer Familie kannten irgendwann alle das Geheimnis von meiner großen Liebe Thomas, der nach Israel verschwunden war« Sie blickte Thomas an: »Und Es ist Zeit, dass Morten es versteht, wenn er weiter der Lordsiegelbewahrer der Familie sein soll.«

Thomas schaute in die Runde und nickte Morten und auch Henk kurz zu. »Es fühlt sich heute nicht mehr so an, aber damals war alles schrecklich für mich. Meine liebe Vera und ich waren uns sehr nah in all dem Unglück des Krieges, aber als ich Ende 1944 auf Heimaturlaub kam, warst du fort und es gab keine Nachricht.«

Normale Nachrichtenverbindungen funktionierten kaum noch. Vera hatte Heinrich Kronsmann deshalb einen Brief für Thomas gegeben. Sie sei in ein Lazarett in Belgien geschickt worden, um dort als Krankenschwester Dienst zu tun; nach dem Krieg wolle sie so schnell wie möglich wieder bei ihm in Hamburg sein. Heinrich unterschlug Veras Brief. Johann und er erzählten dem erschrockenen Thomas stattdessen eine Geschichte. Vera sei mit einem jungen Anwalt nach Süddeutschland gefahren, der Mann hätte es irgendwie geschafft, die richtigen Papiere zu bekommen, um nicht an die Front zu müssen. Die zwei seien ein Paar.

»Das Verhältnis zu meinen älteren Brüdern war nie leicht. Sie meinten, meine Eltern würden mich ihnen vorziehen. Vielleicht hatten sie recht. Dass ich in der Nazizeit immer mehr mit den Eltern in Konflikt geriet, machte es nicht besser, im Gegenteil. Ich führte die Auseinandersetzungen, die ihnen nicht erlaubt waren.«

Und dann mussten sie auch noch als erste zur Armee, während Thomas sich als der Jüngere zu Hause noch länger um die Firma kümmern durfte. Die älteren Brüder waren neidisch auf den Jüngsten und böse. Thomas war geschockt von Veras vermeintlichem Verrat, doch in der allgemeinen Endzeitstimmung war Liebeskummer nichts, was einen zehntägigen Urlaub vom Krieg ausfüllen sollte. Und da besuchten ihn die Cousinen Chlotilde und Clara, es fanden sich drei junge Seelen, die schnell darin einig waren, jetzt auf keinen Fall etwas zu verpassen.

Als Thomas Ende Mai 1945 aus dem Krieg heimkehrte, berichteten ihm seine Brüder, Chlothilde und Clara seien irgendwo in Niedersachsen auf dem Land – was stimmte. Und sie teilten dem Kriegsheimkehrer mit, dass beide Cousinen von ihm schwanger seien – eine Lüge, aber seinerzeit mit leidlich großzügigem Haltbarkeitsdatum. Es sei daher das Beste, der jüngere Bruder würde sich zumindest fürs Erste aus dem Staub machen. Thomas wusste nicht, ob er lachen, weinen oder toben sollte. In die Freude über das Kriegsende mischte sich Zorn auf die Familie und sein Land. Eigentlich war Thomas entschlossen gewesen, vernünftig zu sein und mit seinen Leuten in einem neuen Hamburg neu anzufangen, die Firma wieder aufbauen, nach Vera suchen, um sie vielleicht zurückzukriegen, oder vielleicht Clothilde oder Clara, jedenfalls Ordnung schaffen in und nach dem ganzen Durcheinander. Aber mit zwei geschwängerten Cousinen war dies eine Illusion geworden.

»Der Entschluss, zurückzukommen, um zu Hause die Dinge wieder in Ordnung zu bringen, war schwer gewesen nach Veras Verschwinden, den Vorwürfen gegen die Eltern und überall Leid, Verwüstungen und chaotische Verhältnisse. Als ich das von Chlotildes und Claras Schwangerschaft hörte, war die Kraft weg.«

Er wollte nur noch fort, und seine Brüder bestärkten ihn darin.

»Dass Vera nicht mit einem anderen durchgebrannt war, sondern sich schon Richtung Hamburg durchschlug, wusste ich nicht.«

Die Brüder schlugen Südamerika vor »bis Gras über die Sache gewachsen ist«, aber das wollte Thomas nicht. Er hatte schon erfahren, dass sich diverse Ex-Nazi-Größen in diese Richtung abgesetzt hatten. Die Brüder taten als Alternative alte Kronsmann'sche Geschäftsfreunde in Ägypten auf, doch Thomas hatte schon seinen eigenen Plan und eines morgens war er ohne Gruß und Nachricht Richtung Israel verschwunden. Nur ein paar Hamburger Freunde waren eingeweiht, mit der Order, niemandem zu verraten, wo er sei. Nach einiger Zeit gab es natürlich Heimwehgefühle, die jedoch schnell und nachhaltig wieder verdorrten, als Thomas die Information erhielt, dass die Cousinenschwangerschaften eine strategische Erfindung seiner Brüder und die Cousinen in einem kuscheligen Dreierlei mit dem Steuerberater der Familie aufgegangen waren.

Erst als er ein paar Jahre später von den Freunden hörte,

seine Brüder hätten den Eltern gesagt, er sei wahrscheinlich tot, schickte er als Lebenszeichen einen Brief nach Hamburg, gab aber nicht an, wo er sich in Israel aufhielt, und bat darum, in Ruhe gelassen zu werden. Jahrzehnte vergingen. Thomas hörte bisweilen von Hochzeiten und Todesfällen, aber Familien, Freunde und alte Lieben in Hamburg waren irgendwann nicht mehr wichtig. Dies änderte sich erst, als Thomas vom Marokko-Malheur seiner Enkel hörte und den Plan zur Versilberung der Steuersünder-CD fasste. Als er dann zu seiner Überraschung um die Zustimmung zur Schatzbergung gebeten wurde, waren die guten und schlechten alten Zeiten plötzlich wieder da. Dass Vera noch lebte und sich nach ihm erkundigt hatte, erfuhr Thomas erst, als ihm ein Freund vor wenigen Wochen von dem kleinen Weihnachtsempfang am Mühlenberger Weg schrieb, wo der sie nach zig Jahren zum ersten Mal wieder getroffen hatte.

»Wie groß Heinrichs und Johanns Groll gegen mich gewesen sein muss, ist mir erst jetzt klar. Aber nach all den Jahren spielt das keine große Rolle mehr.«

Zumal er mit der Schweizer Steuer-CD kürzlich für einen nach seiner Auffassung angemessenen Ausgleich in der kosmischen Bilanz von Schuld, Sühne und familiären Kontoständen gesorgt hatte – von dem seine Brüder zwar nichts wussten, aber das war aus Thomas‹ Sicht Teil dieses Ausgleichs. Die drei Brüder hatten zu Silvester telefoniert und wollten sich in den nächsten Tagen treffen.

»Und die Sache mit den Kunstwerken lag mir bei Kriegsende natürlich auch auf der Seele. Ruhmestaten waren das wahrlich nicht, was ich im Krieg und danach gemacht habe. Weder gegenüber Feinden, noch gegenüber Freunden. Jetzt ist es so, wie es ist, machen wir das Beste draus«.

Und dabei lächelte Thomas Vera an, stand auf und ging zum offenen Essraum, der an das Wohnzimmer angrenzte. Der Tisch war zur Seite geräumt, an den Wänden standen viele unterschiedlich große Pakete.

»Das ist wie Weihnachten, nicht wahr?« meinte Henk.

Vera blieb sitzen, die drei Männer machten sich ans Auspacken.

»Schau Morten, dies ist der Nolde, von dem deine Großmutter dir erzählt hat.«

»Und dies muss der Schmidt-Rottluff sein, oder?«

»Ja, und da stehen die alten Bilder aus dem Haus in Lübeck.«

Der Boden des Esszimmers füllte sich mit Wachspapier und Schnüren. Henk hatte eine Rodin Skulptur mit einem Liebespaar ausgepackt, hielt sie hoch und sagte nur »Aha.« Als nächstes befreite er eine kleine Skulptur aus einer Schachtel, schaute sie verwundert an, hielt sie hoch und sagte mit leicht holländischem Tonfall nur »Soso«. Eine Hitlerbüste aus Kristall. Thomas und Vera mussten lachen, Morten guckte streng. Nach einer knappen Stunde waren sie mit dem Auspacken fertig. Dreißig Bilder und fünf kleine Skulpturen standen auf Kommoden, an Wände, Schränke und Stühle gelehnt in Wohn- und Esszimmer. Die vier gingen zwischen den Kunstwerken herum, betrachteten, staunten, zeigten sich Details, andächtige Stimmung.

»Als Dave, Chuck und ich den Kellereingang frei hatten, war ich einfach nur wütend. Ich wollte Vater und Onkel Leopold eins auswischen. Ich bin mir heute nicht sicher, ob es ein dummer oder ein kluger Einfall war. Meine Freunde fanden es jedenfalls klasse.«

Vera nickte.

»In den Keller kamen nur die vier Bilder von Kosslowski, die Vater hasste, und jede Menge von Onkel Leopolds Hitler-Büsten, die wir im Firmenlieferwagen in einem Karton entdeckt hatten«, fuhr Thomas fort. »Und der Fischotter von Gaul. Wir haben ihn extra auf einem Hocker postiert, damit ihm der erste, der die Tür öffnete, direkt in die Augen sah. Wir stellten uns vor, was der für ein Gesicht machen würde. Der Schatzsucher hat die Kammer endlich geöffnet, und da starrt ihn ein Viech an, mit großen glasigen Augen und einem Fisch quer im Maul. Das hat Spaß gemacht, wir haben viel gelacht.«

Vera nahm Thomas Hand.

»Und all das, was ihr seht, ging in den Keller des Schwarzkopf'schen Lotsenhauses in Travemünde.«

Morten dachte an den verschlossenen Kellerraum von Oma Vera. Der Tabu-Ort, um den sich unzählige Familienfantasien rankten.

»Und jetzt?« fragte Morten.

»Die fünf Bilder, die unter dem Fenster stehen, werden verkauft, Henk wird das erledigen«, antwortete Thomas.

Henk nickte freundlich. »Meine arabischen Freunde stehen schon Schlange; es gibt eine Liste mit Geboten, die Preise haben sich in den letzten Tagen noch einmal erfreulich bewegt.«

»Der Erlös ist für meinen Fond zur Rettung von Enkelkindern in Not bestimmt, der Grandchildren's Emergency Fund. Die drei Radierungen gehen an Herrn Axel Strahlson, einen Freund von Dr. Timm, einen mir bekannten

Hamburger Anwalt, mit dem ich letzte Woche telefonierte. Der wird sie weiterleiten. Herr Strahlson hat sie sich redlich verdient. Kannst du sie Herrn Timm bringen, Henk?«

Henk nickte mit einem leichten Grinsen. »Ja gern, ich kenne Lukas Timm schon lange und gut.«

»Ich weiß, deshalb bitte ich dich ja darum, kläre bitte alles weitere mit diesem liebenswürdigen Advokaten.«

»Und was geschieht mit dem Rest?«, fragte Morten.

»Den packen wir jetzt wieder ein. Der Cognac, die Kekse und die Marzipankartoffeln werden uns dabei gute Dienste tun. Das alles kommt wieder in deinen Keller, damit künftige Generationen auch noch etwas zu erleben und zu erzählen haben.«

So geschah es. Als die Bilder und Skulpturen wieder im Keller des alten Lotsenhauses verstaut, der Raum verschlossen und die Gäste in Henks altem Jaguar Richtung Hamburg abgefahren waren, gab es zwar noch etwas Cognac in der Flasche, aber die Teller waren leer – und vier Verpackungskünstler zufrieden.

9. Teil

»*Ist das nicht ein Bild von einem Smoking? Ein Bild von einem Smoking für ein Bild von einem Mann!*«

Axel bewunderte sich im großen Spiegel des Vier-Sterne-Plus-Hotelzimmers. Christina im himmelblauen Abendkleid lachte, ging auf ihn zu und machte einen Hofknicks.

»Sie überstrahlen alles, Herr von Strahlson.«

Dieser Abend sollte ganz ihnen gehören und natürlich ihren Freunden, gut zweitausend weiteren Gästen, der Musik, dem Wein und sicher noch dem einen oder anderen Ereignis mehr. Und natürlich den Göttern. Zwar hatte Axel in Ermangelung jedweden Gottesglaubens daran nicht gedacht. Doch die Götter sahen es ihm nach (wie Vieles; Axel war eben unterhaltsam). Wie alle freuten sie sich auf den Abend.

Kakophonie

Hier und jetzt also trotz, wegen und nach allem endlich das große Eröffnungskonzert der Elbphilharmonie. Mein Leihzwirn saß besser als erwartet. Zuvor beim Eintrudelempfang vorzüglicher Riesling der Weinhandlung C.F.Köppen als Stimmungslöser. Viel sehr edles Volk, Damen in feinsten Kleidern, alle Herren im Smoking mit Ausnahme von ein paar Militärs in schnieken Paradeuniformen, besonders schick wie stets die Marine. Jede Menge Prominenz und überall wichtige Persönlichkeiten, die ich nicht erkannte, schon gar nicht bei den Herren im Einheitslook. Schade. Lisa hatte mir von dem gestrigen Empfang berichtet, den siebzehn ausländische Kulturattachées von Berliner Botschaften anlässlich des großen Anlasses im Hotel Atlantic gegeben hatten. Es musste recht ausgelassen zugegangen sein. Gern hätte ich heute ein paar von ihnen kennengelernt. Aber leider sind Kulturattachées nicht uniformiert, und so wusste ich nicht, welchem Smoking ich mich auf ein Schwätzchen zugesellen sollte. Vielleicht könnte die UNESCO das Weltkulturattachéeerbe erfinden und dabei gleich auch eine Uniform für diese Diplomaten einführen. Heute gab es das leider noch nicht, aber dafür lief mir im Foyer mein alter Freund und gelegentlicher Widersacher Henk Boomtsma aus Amsterdam über den Weg. Er wollte noch zwei Tage in Hamburg bleiben, und wir verabredeten uns auf einen Schollen-Lunch.

Den vorabendlichen Attachée-Empfang hatte ich absagen müssen, da ich bereits den gestern angereisten Christina, Genoveva, Axel und Conrad eine kleine Hamburg-Ausschweifung zugesagt hatte. Ehrensache; wir hatten Spaß im Schanzenviertel und auf der Reeperbahn.

Wie Axel für heute die von Rechts wegen unerreichbaren Tickets in der dritten Reihe ergattert hatte, verriet er nicht. Er hatte für heute Nacht überdies ein eigentlich gleichfalls unerreichbares Zimmer im Luxushotel der Elphi bekommen, 22. Stockwerk, Blick über den Strom. Christina und er hatten schon am frühen Nachmittag eingecheckt und uns alle auf einen sonnenuntergänglichen Kaffee mit ergänzenden Roomservice-Optionen in ihr Gemach gebeten. Die Raffinerie inmitten einer etwas heruntergekommene Hafenlandschaft auf dem gegenüberliegenden Elbufer wirkte etwas deplatziert (oder vielleicht war das architektonische Prunkstück, in dem wir uns befanden, etwas deplatziert), doch es wurde ja bald dunkel. Axel wollte hier und heute endlich seine Versöhnung mit Christina besiegeln. Er hatte lange und hart dafür gearbeitet.

»Also Lukas, ich habe Champagner, Hummer, einen neuen Smoking und trage frische Unterwäsche. Der Hals ist gewaschen und das Dublin-Konzert von Leonard Cohen ist in die Musikmaschine eingespeist. Mit Cohen werden Damen zuverlässig über den Schmelzpunkt gebracht, das ist seit 45 Jahren Naturgesetz. Ich weiß nur noch nicht genau, welche Songs ich spielen soll.«

Wenn es drauf ankam, überließ Axel ungern etwas dem Zufall, aber er hatte ja bis nach dem Eröffnungsevent noch etwas Zeit.

»Vielleicht dieses Stück über den Riss in allen Dingen?«, fragte Axel.

»Es heißt ›Anthem‹, der Choral, ist wirklich ergreifend. Aber vielleicht hat der Meister da den Löffel etwas zu tief ins spirituelle Nutellaglas getaucht«, gab ich zu bedenken.

»Perfekt«, meinte Axel.

Auf dem Weg zu Axels Zimmer hatte ich zu meiner Überraschung Lundius senior getroffen. Er telefonierte offenbar mit einer Frau und brach das Gespräch ab, als er mich sah. Wir begrüßten uns freundlich, er hatte die Junior Suite neben Axels Zimmer gemietet: »Ja, Herr Timm, es sollen ein besonderer Abend und eine besondere Nacht werden.« Ich wünschte gutes Gelingen.

Eine Klingel rief zum Konzert. Wir traten ein und sahen eine hochgelobte Innenarchitektur, die Zuschauerränge rundum mit hellen Verkleidungen verteilten sich nicht ganz regelmäßig über die Wände des Konzertsaals. Alle Wände zwecks Verbesserung der Akustik mit unterschiedlichen, muschelartigen Gipsplättchen verkleidet. Es erinnerte an Strukturen eines Korallenriffs; die Zuschauer, die jetzt ihre Plätze einnahmen, waren die Minifische, die dort Nahrung suchten. An der Decke hing ein riesiger Trichter. Angeblich auch eine Wunderwaffe der Akustik, aber ich wurde den Gedanken nicht los, dass hier vielleicht irgendetwas abgesaugt werden sollte: Körpergeruch? Schlechte Manieren? Geld?

Versehentlich stieß ich gegen den Ersten Bürgermeister, Entschuldigung. Ein Bodyguard blickte grimmig, aber der Meister der Bürger nickte nur kurz, und sein Gesicht wahrte stoisch das, was in den Medien gemeinhin als

»verschmitztes Lächeln« bezeichnet wurde. Denn er hatte auch gut Lächeln. Dies war sein triumphaler Tag. Das Jahrhundertwerk, das bei zwei seiner Vorgänger wesentliche Beiträge für ihr politisches Ende geleistet hatte, war fertig. Kurz vor Schluss hatte es noch ein paar Querelen gegeben, als ein kürzlich aus Berlin zugereister Großsponsor vorgeschlagen hatte, eine Tafel mit den Namen der größten Spender im Foyer vor dem Konzertsaal anbringen zu lassen. Aber die Finanzchefin der Ebphilharmonie hatte die Sache in einem Interview mit der Bemerkung, so etwas sei ›unhanseatisch‹, schnell und elegant abgebogen. Sechs der Luxuswohnungen noch nicht verkauft, aber das konnte die öffentliche Meinung nach bereits verziehenen hunderten Millionen Mehrkosten nicht trüben. Alle Welt jubelte, der Bürgermeister war der Sieger.

Auf einem der unteren Ränge erblickte ich die drei Kronsmann-Brüder nebst familiärer Entourage, einschließlich des schwiegersöhnlichen Architekten Melchior Hintze mit Gattin rechts neben ihm, unverkennbar Kronsmann'sche Gesichtszüge. Die beiden älteren Brüder erinnerten mich an die Lästersenioren Waldorf und Statler aus der Muppet-Show. Thomas wirkte mit in Israel und sonnendurchfluteter Schweizer Bergwelt erworbenem Lederteint deutlich jünger; neben ihm saß eine vornehme alte Dame, die ich nicht kannte. Sie schienen Händchen zu halten und sahen zufrieden aus. Er sah mich und winkte mir zu. Hinter ihm saß Oberamtsrätin Schumann-Steigbert und spähte, wem Thomas Kronsmann da winkte. Als sie mich erkannte, drehte sie ihren Kopf ruckartig zur Seite – Richtung Lundius senior, der neben ihr saß und sie ob dieser plötzlichen Zuwendung erfreut anlächelte.

Die Sitze waren perfekt. Die Instrumente wurden gestimmt, also sollte es vor den Reden mit Musik losgehen. Ich hatte keinen Programmzettel mitgenommen, Lisa hatte es mir x-mal erzählt, aber mir fiel nicht mehr ein, was uns erwartete. Ihr war die Ehre zuteil geworden, im Orchester mitzuspielen, ganz ohne Fädelei oder Strippenziehen. Sie war eben einfach gut. Zwar nicht erste Geige, sondern Bratsche unter Bratschen, aber das beim Konzertereignis des Jahrzehnts. Viel konnte ich nicht von ihr sehen, doch was ich sah, war bezaubernd. Genoveva und Christina waren uns abhanden gekommen. »Frauengespräche« hatte Genoveva munter gesagt und dann waren beide mit ihren Gläsern und Abendkleidern noch einmal Richtung elbseitiger Verglasung losgeschlendert. Die Saaltüren wurden geschlossen, keine große Chance, unsere Ladys vor der Halbzeit wiederzusehen. Axel schaute sich nervös nach allen Richtungen um, aber es half nichts. Platz nehmen, die Plätze der beiden Holden blieben vorläufig leer. Conrad und ich wappneten uns innerlich für kommenden Kunstgenuss, Axel sortierte irgendwas in seiner Hosentasche. Manege frei, der Dirigent erschien, Begrüßungsapplaus, los ging's, es fiedelte und hornte. Händels Wassermusik.

Genoveva und Christina hatten sich munter unterhalten. Es ging um Axel und Conrad. Als ihnen auffiel, dass das Foyer sich geleert hatte, war es zu spät. Die Saalordner waren freundlich, aber sie durften erst zur Pause wieder rein. Dafür hatten sie jetzt die Riesling-Bar ganz für sich, noch zwei Gläschen und zurück zum Elbblick. Das Thema Männer war auch noch keineswegs erschöpfend erörtert.

»Kannst Du verstehen, dass Axel, auch wenn alles gerade

zusammenzubrechen droht, noch lacht und witzige Dinge erzählt?«

Bevor Genoveva antworten konnte, war in der Verglasung direkt vor ihnen ein lautes Ächzen zu hören. Die zwei traten erschrocken einen Schritt zurück, als es knallte. Fünf Glaselemente splitterten an den unteren Kanten, lösten sich aus den Rahmen und stürzten in die Tiefe, wo ein lautes Krachen und Klirren zu hören war. Genoveva und Christina guckten sich einen Moment erschrocken an, dann mussten sie gleichzeitig laut lachen.

Die sagenumwobene Akustik funktionierte bis auf einige Knackgeräusche, die aus der elbseitigen Wand zu kommen schienen. Dann war etwas zu hören, das wie ein entferntes Klirren klang. Da war in Sachen Ton bauseitig sicher noch etwas Feinjustierung vonnöten. Axel, links von mir, fummelte an seinem linken Ohr herum. Plötzlich schien der Dirigent zu zucken und wirkte unkonzentriert, aber das Orchester spielte brav und kraftvoll weiter, bis ein lautes kratzendes Geräusch für zwei Sekunden alles übertönte, und die Musik ein kakophones Ende fand.

An der Südwand des Saals war ein mindestens zehn Zentimeter breiter Riss über die gesamte obere Wand zu sehen, der darunterliegende Teil abgesackt. Ein Schiffshorn klang aus dem Hafen, ein leichter, kalter Luftzug ging durch den Saal. Es herrschte für einen Moment Stille – fast. Axels Ohrhörerkabel war aus dem iPhone herausgerutscht und seine nähere Umgebung hörte Leonard Cohens tiefe Stimme:

There is a crack, a crack in everything
That's how the light gets in.

Danke

Dank an meine Frau Tine für das Coverbild, Geduld und Rückenstärken, an Thomas Immisch für fachmännische Unterstützung bei facts & figures, Sprache, Presse und vielem mehr. Dank an die Kids & Schwiegerkids für Ermutigung und Textkritik & an die Enkelkids für Inspiration. Dank an die Torris für langjährige schreiberische Herausforderung und Literatenfreundschaft.

Dank an Christian Rathke & die Pepperzak GmbH in Hamburg für rat- und tatkräftige Hilfe bei Publishing und Marketing. Self-publishing ist immer ein Schuss ins Blaue. Wir haben nicht viele Patronen im Magazin; aber selbst wenn wir nicht treffen – es macht viel Spaß (zwei Leben im Dienste der Kunst!). Die letzte Patrone ist für den Kühlschrank.

Mehr vom Autor

Die Wahrheit über den VW-Aktienskandal?

Was ist aus Lukas Timms literarischen Gehversuchen geworden? Sein Buch „Goldilocks Jaguar" erscheint im Herbst 2016 und handelt von der feindlichen Übernahme der Wolfsauto AG und den dabei auftretenden Turbulenzen. Der erste gemeinsame Auftrag von Axel, Lukas und Conrad: Abenteuer, Schicksale, Aktien, Liebe, Autos, Politik, Alkohol – Lukas Timm weiß, was Leser lesen wollen. Für Freunde von „Alles im Fluss" ein Muss!

Ab Herbst 2016 unter www.alles-im-fluss.net und im Buchhandel.